# CON AMOR, CREEKWOOD

# BECKY ALBERTALLI

# CON AMOR, CREEKWOOD

Traducción de Estíbaliz Montero Iniesta

Argentina – Chile – Colombia – España
Estados Unidos – México – Perú – Uruguay

Título original: *Love, Creekwood*
Editor original: Balzer + Bray
An Imprint of HarperCollins*Publishers*, New York
Traducción: Estíbaliz Montero Iniesta

1.ª edición: abril 2022

Copyright © 2020 by Becky Albertalli
*All Rights Reserved*
Published by arrangement with c/o BAROR INTERNATIONAL, INC., Armonk, New York, U.S.A.
© de la traducción 2022 *by* Estíbaliz Montero Iniesta
© 2022 by Ediciones Urano, S.A.U.
Plaza de los Reyes Magos, 8, piso 1.º C y D – 28007 Madrid
www.mundopuck.com

ISBN: 978-84-17854-43-0
E-ISBN: 978-84-19029-24-9
Depósito legal: B-3.517-2022

Fotocomposición: Ediciones Urano, S.A.U.
Impreso por: Rodesa, S.A. – Polígono Industrial San Miguel
Parcelas E7-E8 – 31132 Villatuerta (Navarra)

Impreso en España – *Printed in Spain*

*Para la Amy Austin de Creekwood,*
*mi eterna entrenadora personal*

1

De: hourtohour.notetonote@gmail.com
Para: bluegreen118@gmail.com
Fecha: 28 de agosto a las 22:09
Asunto: Esto no me gusta

Vaya. Hola. Esto es raro, ¿verdad? Te juro que una parte de mí cree que este correo llegará a tu bandeja de entrada en el penúltimo año de instituto. ¿Recuerdas cuando éramos dos idiotas ignorantes que se mandaban correos electrónicos desde el otro lado de la mesa del comedor? ¿En vez de a 188 kilómetros y medio de distancia?

188. Y medio. A kilómetros de distancia. ¿QUIÉN HA PERMITIDO ESTO?

Así que sí, el correo electrónico es una mierda, porque quiero verte la cara (y tocarte la cara y olerte la cara y poner mi cara contra la tuya) (porque te echo de menos) (TE ECHO DE MENOS).

(Odio esto).

No lo estoy haciendo bien. Se me ha olvidado cómo escribir correos electrónicos. Especialmente a ti. ¿Me recuerdas cómo funciona esto?

Querido Blue. Querido Bram. Te quiero. Te echo de menos. Ojalá estuvieras a mi lado en esta horrible habitación con su triste y diminuto colchón, y, por cierto, me he zampado OREOS más gruesas que este colchón, pero AUN ASÍ. Intentémoslo de nuevo, con un poco de positividad (¡Hurra! ¡Yuju!).

¡Hola! ¡Estoy en la universidad! ¡Y es muy guay! ¡Todo es guay! ¡Mi grupo personalizado es guay! ¡Joder, echo de menos a mi novio!

A la mierda con todo,

Simon, alias Jacques, alias tu triste y anhelante novio, que está LLEVÁNDOLO FATAL...

De: bluegreen118@gmail.com
Para: hourtohour.notetonote@gmail.com
Fecha: 28 de agosto a las 23:17
Asunto: Re: Esto no me gusta

Querido Jacques:

Siento haber tardado tanto en responder a tu correo. La culpa es del atractivo universitario que me hizo una videollamada cinco minutos después de mandármelo.

En fin, te echo de menos. Muchísimo. No creía que me fuera a afectar con tanta rapidez. Parece imposible que hace quince horas me estuviera despertando a tu lado en el (¿¿extrañamente lujoso??) Hotel DoubleTree del aeropuerto de Newark, y ahora este aquí. Y tú estés allí.

La ciudad de Nueva York parece muy vacía sin ti en ella. ¿Es eso raro? Solo estuviste aquí dos horas. Dejaste huella, Simon Spier. Y, no, no le diré a tu madre que me llevaste en coche a la ciudad. (Me encanta que me llevaras en coche a la ciudad). (Además, no se te permite conducir por Manhattan nunca más. Me gustaría envejecer contigo, muchas gracias).

De todos modos, nada de lo que escribo parece ni remotamente adecuado en este momento. Te echo de menos. Te quiero. Espero que por fin te estés adaptando. Me alegro de que tu compañero de cuarto sea un fan de Stephen King tan devoto, y estoy seguro de que será una maravillosa alegría despertarse cada día y ver ese póster gigante de Pennywise. ¿Crees que dormirás esta noche? Yo no creo que pueda. Pero no me importa ser un zombi durante el periodo de orientación, porque tengo la teoría de que un cerebro en modo zombi hará que las semanas pasen más rápido. Solo necesito que sea 21 de septiembre. ¿Sabes que

la gente tacha los días del calendario? Quiero un reloj donde pueda tachar cada segundo.

En resumen: joder, yo también echo de menos a mi novio.

Con amor,
Blue

**2**

De: leahadestiempo@gmail.com
Para: simonirvinspier@gmail.com
Fecha: 2 de septiembre a las 10:21
Asunto: Re: Relevante para nuestros intereses

Vale, tengo que admitir que creía que eran puras habladurías pero el enlace es real. Guau, Simon, guau. Hay una fraternidad de frikis en tu universidad. Existe algo así. Por lo que parece, ese sitio está hecho a tu medida. Y, oye, menuda revelación para la semana de orientación.

Así que supongo que ahora nos mandaremos correos electrónicos. Es bastante adorable, Spier. Explícame las reglas. ¿Todavía tenemos permitido enviar mensajes de texto? ¿O es tan solo una parada en el camino hacia tu verdadero plan *boomer* de recibir postales escritas a mano en el buzón? No digo que me importe. Tal vez Abby y yo deberíamos empezar a comunicarnos por correo electrónico también, porque estoy bastante segura de que su nuevo Android odia a mi iPhone. En serio, no te enamores nunca de una chica que no pueda mandar un iMessage. Es lo peor. Abby es la peor (Abby dice «¡hola!»).

Además, soy una imbécil por quejarme de iMessage cuando en realidad lo peor es que estés en Filadelfia. Te echo de menos. Y no puedo ni imaginar lo que los últimos días deben de haber sido para ti y Bram. Pareces estar... ¿bien? Pero, en serio, desahógate conmigo cuando quieras. Y siéntete libre de machacarme si empiezo a resultar insufrible con lo de Abby. Estoy bastante segura de que se me da de pena todo este asunto de tener novia. A la mierda la universidad. Deberían orientarte para tener una relación. La mitad del tiempo, ya ni siquiera sé quién soy. ¿Qué mierda es este atolondramiento?

En fin, por aquí todo va bien, pero estoy muy ocupada. No sé por qué todas vuestras extrañas universidades del noreste empiezan tan tarde, pero aquí ya estamos cerca de la primera tanda de exámenes. ¿Sabes qué no es una broma? Los exámenes cronometrados en los que hay que redactar un ensayo sobre poesía isabelina. Así que disfruta de tu libertad mientras dure, Simon. Ve a vivir tu salvaje vida de la semana de orientación y bebe chupitos de cerveza o lo que sea que hagan en tu fraternidad de empollones.

¿He mencionado ya que te echo de menos?

De: leahadestiempo@gmail.com
Para: abbysuso710@gmail.com
Fecha: 9 de septiembre a las 11:51
Asunto: Despierta, Abby

No sé cómo te las apañas, Abby Suso, pero es casi mediodía y todavía estás durmiendo. ¿Recuerdas a la chica borracha del patio que estaba enfadada porque no podía llevarse a un chico a su habitación para enrollarse con él porque su compañera de cuarto estaba allí durmiendo? Abby, eres la compañera de cuarto dormida que impide que yo me lo monte con alguien. ¿Puedo presentar una queja formal al respecto?

Pero eres tan guapa. Mírate. No eres más que un montón de mantas en la cama con un codo que sobresale.

Aun así aquí me tienes, enviándote cartas de amor como Simon y Bram, porque son asquerosas, y deberíamos ser más asquerosas. Así que despierta y responde a este correo, ¿vale? No tiene que ser por escrito.

Con todos mis respetos,
LCB

De: bluegreen118@gmail.com
Para: hourtohour.notetonote@gmail.com
Fecha: 10 de septiembre a las 22:10
Asunto: Re: Esto no me gusta

Jacques:

¿Sabes a qué ha sido inesperadamente duro adaptarse? Al hecho de que ya no conocemos a las mismas personas. Sé que es algo muy raro que echar de menos. Pero en realidad era un tipo de lenguaje en sí mismo, tener a todas esas personas en común: Garrett y Abby y Leah y Nick y todos, incluso Martin. Y ahora estoy rodeado de gente a la que nunca has conocido, y tú estás rodeado de gente a la que yo nunca he conocido, y no sé, Simon. De verdad que echo de menos habitar en tu universo.

Vale, acabo de parar y he contado los días que llevamos sin vernos, y han pasado menos de dos semanas. Trece días. Apuesto a que ni siquiera has hecho la colada todavía, ¿verdad? Dios, te echo de menos. Te echo de menos cada segundo.

Quiero conocer todos los detalles de tu vida, ¿de acuerdo? Quiero que me lo cuentes todo de Kellan y su fetiche con

Stephen King, y si te pones chanclas en la ducha y quién es la persona más molesta en cada una de tus clases. Quiero saber las cosas que crees que son demasiado aburridas para compartirlas.

Te pongo al día sobre mí: he desayunado tostadas con mantequilla de cacahuete. La mejor clase del día ha sido la de Ciencias Políticas, porque nos han dado una charla increíble sobre la detección de información errónea en artículos (reservaré las verdaderas frikeadas para la videollamada, para que puedas burlarte de mí apropiadamente). Además, creo que puede que tengas razón sobre esa chica, Ella, la del piercing en la lengua. Hoy ha visto de reojo la imagen de bloqueo de mi móvil y se ha puesto extrañamente nerviosa. Pero en realidad ha acabado siendo una conversación divertida. Ha sentido mucha curiosidad por ti («¿Cómo se llama?», «¿Vendrá aquí pronto?», «¿Por qué lleva un esmoquin en una tienda de American Girl?». TODAS HAN SIDO MUY BUENAS PREGUNTAS).

¿Qué más? Mmm. ¡El rarito libertario de Economía nos ha bendecido hoy con una brillante defensa en nombre del diablo! Me ha encantado estar atrapado en clase 15 minutos de más para empaparme de esa revolucionaria sabiduría. Luego me he duchado, he hecho algunos problemas y me he enamorado locamente de tu última selfi de Instagram (disculpa, ¿cómo es posible que tu cara sea siquiera legal?). Y he vuelto a comer tostadas de mantequilla de cacahuete para la cena, porque no hay nada más delicioso que no entrar en un comedor gigantesco lleno de desconocidos.

Así que ese ha sido mi día. No he dejado de echarte de menos ni un minuto. ¿Qué tal tu día?

Con amor,
Blue

De: hourtohour.notetonote@gmail.com
Para: bluegreen118@gmail.com
Fecha: 11 de septiembre a las 12:07
Asunto: Re: Esto no me gusta

«De verdad que echo de menos habitar en tu universo». Hola, ¿es eso un eufemismo? Y en noticias relacionadas, ¿¿¿¿podemos discutir tus intenciones al usar las palabras «inesperadamente duro»????

Te echo de menos. Sí. Cada minuto. Cada segundo. Sinceramente, echarte de menos parece ser el objetivo de mis días. Lo cual me asusta, ¿sabes? ¿Se supone que hay que sentirse así? ¿Por qué creía que sería más fácil? Pero Bram, escúchame. Creo que me dejé la mitad de mi corazón en tu dormitorio.

Ah sí, el libertario rarito. Menuda sorpresa. ¿Te he hablado del de mi clase de Psicología? Primera fila, flequillo engominado de punta, defendió apasionadamente el experimento de la prisión de Stanford en el tercer día de clase. No te mentiré, empiezo a sospechar que plantan a uno de esos tipos en cada clase como parte de un gran experimento de psicología social. O tal vez… tal vez la MISMA UNIVERSIDAD sea un gran experimento de psicología social y nosotros seamos los sujetos de prueba. *suena música dramática* *primer plano de mi cara con la boca abierta*

Está bien. Mi día. Veamos. Kellan se ha levantado a las cinco y media, golpeando (ruidosamente) el interruptor de la luz de Pennywise. B, ni siquiera estoy seguro de que sea fan de Stephen King. Creo que simplemente le gusta mucho Pennywise. Puede que los payasos en general. En fin, supongo que mi día ha sido básicamente como el tuyo. Clase, ducha, etc. Sin comentarios sobre lo de las chanclas. Aunque no hay ninguna chica enamorada de mí (TE LO DIJE, BRAM. TE

LO DIJE). ¿Puede ser que la gente me considere gay? ¿Podría ser por los cordones con los colores del arcoíris? ¿O el hecho de que soy incapaz de pasar cinco minutos sin mencionar a mi novio? De todos modos, me gusta. ¡Es refrescante!

Para responder a las preguntas más excelentes de Ella:

1. Mi nombre: Su Alteza Real Simon Irvin Enamorado Triste Sinbram Spier I, de la Casa Oreo.
2. NO ME TIENTES.
3. Garrett Laughlin.

Ahora ve a por algo de comida de verdad, ¿vale? Te quiero demasiado como para dejar que te pierdas el queso fundido del comedor.

Saludos cordiales,
S. A. R. Simon IETS Spier

De: abbysuso710@gmail.com
Para: leahadestiempo@gmail.com
Fecha: 20 de septiembre a las 12:17
Asunto: Feliz

Adivina qué... ¡¡Es tu cumpleaños!! Sé que es raro enviarte correos electrónicos cuando estás durmiendo a un metro de distancia de mi escritorio, pero escucha, cara pecosa. Tengo que decirte algo, y no confío en mí misma para decir esto correctamente cuando me pones ojitos seductores. (No lo niegues. ¿Crees que no sé cómo son tus ojos seductores? *Vivimos en la misma habitación*).

Así que este es el trato: sé que las palabras de cuatro letras\* te asustan (lo cual, no voy a mentir, es una postura muy AUDAZ al provenir de una chica cuyo nombre es literalmente una palabra de cuatro letras). Pero la verdad es que no necesito que declares nada, porque lo llevas escrito en la cara. Esos son los hechos. Vienes con subtítulos y ni siquiera te das cuenta.

Odio tener que decírtelo, Leah Burke, pero estás enamorada de mí.

---

\*. N. del E.: En inglés hace referencia a la palabra «love» que tiene cuatro letras.

No puedo dejar de pensar en el partido del sábado pasado. Lo juro, en este instante estoy sonriendo tanto que me duele la cara. Solo con pensar en mi novia baterista friki tecleando con seriedad en su móvil durante dos horas, sin ni siquiera levantar la vista para los touchdowns. No creía que fuera posible escribir un ensayo sociológico completo en la aplicación de notas del móvil *durante un partido de fútbol universitario de primera división*. Pero claro, es de ti de quien hablamos.

Tú, con tu camiseta de bienvenida de Creekwood con el cuello cortado. Yo, abiertamente hechizada por las pecas de tu hombro. Tantos misterios contenidos en una sola chica. Como el hecho de que Leah «a la mierda con la bienvenida» Burke se las arreglara de algún modo para hacerse con una camiseta de bienvenida de CHS en primer lugar. O el hecho de que la llevaras puesta en un partido local de la UGA. No sé si te has dado cuenta de las *decenas de miles de personas* vestidas de rojo que había en las gradas. Pero me encantó lo poco que te preocupaba, sin ningún tipo de timidez (esto lo dice una chica que revisa dos veces cada pie de foto de Instagram). Tú, Leah Burke, eres una enciclopedia de contradicciones.

(¡Como cuando no admites que estás enamorada de mí! ¡Y aun así me envías cartas de amor por correo electrónico!).

Bueno, cumpleañera, ¿qué te parece esto como carta de amor? Estoy loca por ti, Leah. Y si alguna vez quieres probar a decirme una de esas espantosas palabras de cuatro letras, te prometo que te la devolveré.

Besos y abrazos,
Abby

6

De: simonirvinspier@gmail.com
Para: leahadestiempo@gmail.com
Fecha: 20 de septiembre a las 15:13
Asunto: ¡¡¡Naciste!!!

LEAH, ¡¡¡ES TU CUMPLEAÑOS!!!! Así que aquí está tu correo electrónico de cumpleaños, no lo confundas con tus mensajes de cumpleaños o el mensaje de voz que te he dejado a las 9:20 a. m. o el que indudablemente te dejaré a las 9:20 p. m. (la alarma del teléfono está preparada). Bueno, espero que ahora mismo estés en la ciudad, viviendo la encantadora vida de una chica de 19 años a media tarde. Dios, es muy raro no verte en tu cumpleaños. Quiero que me lo cuentes todo. ¿Cómo van las clases? ¿Cómo va Sociología? ¿Cómo va todo con Abby? ¿Has hablado con Nick? Dijo que te iba a llamar temprano, porque Taylor quiere ir a la orquesta sinfónica de Boston, que por lo visto se cree que es un concierto de Shawn Mendes o algo así, porque insiste en que lleguen dos horas antes «por si acaso». Y Nick está en plan: «Bueno, tengo que hacer feliz a mi novia». Leah, me quedé boquiabierto. ¿NOVIA? ¿Tú lo sabías? Porque, madre mía, yo desde luego que no. Nuestro Nick, cerrando el trato con la puñetera Taylor Metternich. Anda que no ha llegado LEJOS.

Yyyyy hablando de espectáculos (lo siento, me doy cuenta de que este correo electrónico es todo cotilleo en un 90%, pero siempre se me olvida enviarte esta maravillosa información), ¿has oído algo sobre Garrett y Morgan? No puedo confirmarlo al 100%, ya que la información viene de Nick, pero parece que Morgan estuvo en el Tech el fin de semana pasado... ¿Morgan Hirsch en el Instituto de Tecnología de Georgia? Solo puede haber una explicación, y empieza con B y rima con «quedarse». Por supuesto, Garrett lo niega todo, pero Bram está trabajando en conseguir más información, así que ¡estate atenta!

De todos modos, echo de menos tu cara y tu voz y, Dios, ojalá estuvieras aquí conmigo en Haverford, garabateando en los márgenes de todos mis apuntes. Y espero que tengas el mejor cumpleaños de todos. Te quiero muchísimo, preciosa Leah, y estoy muy contento de que hayas nacido.

Con amor,
Simon

De: bluegreen118@gmail.com
Para: hourtohour.notetonote@gmail.com
Fecha: 23 de septiembre a las 16:14
Asunto: Adivina cuánto te echo de menos

Querido Jacques:

Lo odio todo. Odio cada cuadrado blanco de mi calendario. Dudo de que estés en algún lugar que no sea Newark, pero podrías estar a mitad de camino de Marte, porque de todos modos no puedo volver a besarte hasta dentro de doce días.

¿Podemos rebobinar hasta el viernes por la tarde? No paro de leer una y otra vez el mensaje en el que dijiste que *por fin* estabas entrando en Penn Station (mira, no quiero ser dramático con este tema, pero estaba empezando a pensar que de tu tren solo tiraba una única mula anciana). Pero entonces entraste en el vestíbulo con tu chándal de Haverford, y dabas la impresión de estar muy emocionado por el concepto de Manhattan.

Simon, no sé si te fijaste en el cartel de *dónuts de Oreo gigantes* que estaba colgado en el escaparate del Krispy Kreme, pero pasaste de largo a todo correr por delante de él y te lanzaste a mis brazos (el mayor cumplido que me han hecho en la vida, sin duda alguna). Y luego te sostuve la cara y te besé en medio de Penn Station, porque parece que ahora soy de esos que dan besos en público. ¿Qué pasa contigo, Simon Spier? ¿Estás hecho de imanes o qué?

De todos modos, ahora estoy sentado aquí, contemplando mi portátil, intentando encontrar las palabras que expliquen lo que se siente al tenerte aquí de nuevo. Ni siquiera tengo un marco de referencia para ello. No dejo de pensar en Garrett, y en que hace un mes que no lo veo. Y es una mierda, no me malinterpretes, pero es como pasar un mes sin gofres o algo así. ¿No verte hasta las vacaciones de otoño? Eso es como pasar doce días sin agua.

Y ahora te echo de menos todavía más, porque estás por todo mi dormitorio. Las cajas de Oreo en el cubo de la basura, las letras de las canciones en mi pizarra. Incluso este portátil. ¿Cómo voy a usarlo para hacer los deberes si me hace echar de menos ver tus horribles treinta mejores vídeos de trucos para la vida diaria en YouTube? (Sin embargo, para que conste, NO me pierdo esos vídeos de mierda. Solo echo de menos cómo apoyas la cabeza en mi hombro mientras *vemos* esa porquería de vídeos).

Y luego está mi cama. ¿Cómo voy a volver a dormir sin recordar lo poco que dormimos en ella?

Con amor,
Blue

De: hourtohour.notetonote@gmail.com
Para: bluegreen118@gmail.com
Fecha: 23 de septiembre a las 20:19
Asunto: Estoy bastante seguro de que yo te echo
    más de menos

Abraham. Romeo. Greenfeld. Creo que necesito un momento. (No para eso. Deja de pensar en cochinadas. Solo tengo que, bueno, recuperar el aliento. O algo así). Porque a ver, ¿ESE CORREO? Eso ha sido una carta de amor. Bram, me estoy *sonrojando*. Esto es como revivir el penúltimo curso del instituto. Siento que mi novio secreto por correo electrónico me acaba de decir que piensa en mí cuando tiene fantasías sexuales (BLUE, ¿TE ACUERDAS DE ESO?).

Lo juro, todo el mundo cree que eres tremendamente inocente, pero luego inicias sesión en tu gmail y es como ZAS. Insinuaciones. Máquina sexual. *¿Lo poco que dormimos en ella?* A ver, tienes razón, pero GUAU. Y lo mejor es que tenías un itinerario culinario completo que pasaba por el restaurante Dinosaur Bar-B-Que y la heladería hipster. Que estoy seguro de que están deliciosos (¿a quién no le gusta comer dinosaurios?). Pero las tostadas de mantequilla de cacahuete sin salir nunca de tu dormitorio también sabían muy bien. ☺

UNAS CUANTAS CORRECCIONES IMPORTANTES. Lo primero es lo primero: «Siempre quise tropezarme con alguien como tú». Eso, señor mío, no es la letra de una canción. Es una cita de un libro (¿¿significa esto que hay por lo menos un libro sobre la faz de la Tierra que aún no has leído??). En segundo lugar: ¿¿vídeos horribles?? ¿Intentas decirme que *no* necesitas un estupendo jarrón hecho a partir de la cabeza de una muñeca pintada con espray?

Dios, esto se me da fatal. Aquí me tienes, hablando de dinosaurios y YouTube y manualidades de 5 minutos, cuando lo único que quiero es escribir que te echo de menos. Porque POR DIOS, CUÁNTO TE ECHO DE MENOS. ¿Sabes? Creía que estaba bien cuando me subí al tren. Pero entonces me enviaste nuestra selfi en el Shake Shack, y eso fue todo lo que necesité. Esa foto. Era tan *nosotros*, conmigo pareciendo a punto de estallar en carcajadas, y tú con esa cara de inocente y ojos de animé que pones siempre que tienes una pajita en la boca. Bram, me quedé destrozado. De repente me di cuenta de que ese momento se había acabado. Y nunca, nunca lo recuperaremos. (Dios, incluso mientras escribo esto, sé que es muy raro y exagerado. Mírame, estoy teniendo una crisis existencial por una parada rápida en el Shake Shack).

Pero no dejaba de pensar en el año pasado y en el anterior, y en cómo estar cerca de ti era algo cotidiano que daba completamente por sentado. Y no podemos volver atrás. No podemos volver al instituto. Y, sí, ya era consciente de eso, pero creo que no lo había procesado por completo hasta ahora. Supongo que estar alejándome de ti literalmente en un tren expreso hizo que calara de verdad.

Así que ahora estoy de vuelta en mi habitación con Kellan y su amigo Grover (no, DE VERDAD), que tiene una guitarra y sabe cantar, y está tocando *Hey There Delilah* por vigésima vez. Creo que está intentando aprendérsela. Siento que debería estar molesto, pero estoy agotado. Y ahora esa canción se me ha quedado grabada en la cabeza, y Bram, no sé si te sabes la letra, pero es… demasiado significativa, joder. Así que ahora vuelvo a tener ganas de llorar, pero no quiero hacerlo delante de un puñado de heterosexuales al azar. Puede que no esté hecho para esto de tener compañero de cuarto. Me gustaría saber quién creyó que era buena idea meter a un tipo al azar en mi cuarto y que *viviera* aquí.

Pero recuerda mis palabras, Greenfeld: durante las vacaciones de otoño no tendremos a Kellan por aquí. Va a ser la puta misión de mi vida.

Doce días más. Dios, te echo de menos. Y te quiero. Estoy ridículamente enamorado de ti.

Con amor,
Simon

8

De: abbysuso710@gmail.com
Para: simonirvinspier@gmail.com
Fecha: 30 de septiembre a las 23:21
Asunto: Re: Una pregunta

Tengo que decir que es la pregunta más rara que me has hecho nunca (Y ME ENCANTA). Así que asegurémonos de que no me he perdido nada. Quieres que tu compañero de cuarto se vaya pronto para las vacaciones de otoño. Y para que eso suceda, ¿necesitas que yo (¡yo!) haga una lista de, y cito: «atracciones de D. C. centradas en payasos»? A LA ORDEN.

En primer lugar, Simon, ¿seguro que existe eso de *centradas en payasos*? Porque parece que acabamos de encontrar un contendiente de última hora al Calificativo Más Maldecido (*húmedo* llevaba una buena racha). No, en serio, ¿qué significa eso? ¿Centradas en payasos? ¿Es en sentido metafórico? ¿Estamos hablando de senadores republicanos, o te refieres literalmente a payasos de verdad? Y si es así, ¿qué cojones? ¿De verdad odias a tu compañero de cuarto? Tengo muchas preguntas.

¡Pero sí! Estaré encantada de averiguar si Molly y Cassie saben de algo… centrado en payasos. Aunque ahora están en la Universidad de Maryland, que está fuera de la ciudad.

¿Te parece bien, o necesitas que sea en el mismo D. C.? (En serio, me MUERO por saber qué ha hecho tu compañero de cuarto para merecer esto). Volviendo al tema, ¡enseguida escribo a M y C y te informaré de lo que digan!

Y bien, aparte de maquinar contra tu compañero de cuarto, ¿en qué andas metido? ¿Y qué tal en Nueva York? Leah y yo hemos recibido un mensaje de Nick esta mañana, por cierto. ¿Te lo puedes creer? Quería saber si vamos a volver a casa este fin de semana (lo haremos, por si sirve de algo, en caso de que a lo mejoooor estuvieras considerando venirte antes).

De todos modos, Nick ha dicho que habló con Bram, y creo que le dio la impresión de que estáis teniendo problemas con el tema de la distancia. No quiero pasarme de la raya ni nada, pero quería asegurarme de que estás bien. Siempre pareces muy alegre conmigo, y eso es genial, en serio. Pero espero que sepas que puedes contar conmigo si alguna vez quieres hablar de las cosas difíciles. Y lo mismo con Leah. Las dos te queremos mucho, Si.

(Y en noticias más alegres en lo que concierne a Bram, ¡dale mi enhorabuena por el partido!).

En todo caso, ¡escribe pronto para que pueda empezar a aclararme con todo este lío tuyo de los payasos! ¡¡¡TE ECHO DE MENOS!!!

Besos y abrazos,
Abby

De: simonirvinspier@gmail.com
Para: abbysuso710@gmail.com
Fecha: 1 de octubre a las 10:16
Asunto: Re: Una pregunta

¡Por supuesto que las atracciones centradas en payasos existen! Me vienen a la mente circos, parques de atracciones, museos de payasos (creo que probablemente existan museos de payasos, ¿no?). De todos modos, es una GRAN pregunta, pero no, no es una metáfora. Y las afueras de D. C. me valen, creo que los padres de Kellan viven en los suburbios, ahora que lo mencionas. Y por cierto, ¡¡no odio a Kellan!! Pero dice que se quedará en el campus los primeros días de las vacaciones de otoño, y necesito que se vaya a paseo y vuelva a casa pronto para estar con sus payasos. Le *gustan* los payasos. Mucho. (¡De todas formas, dales las gracias a Molly y Cassie de mi parte!).

Y bueno, hablemos de Bram y de mí.

En primer lugar, Abby, ¡no te estás excediendo! Siento no haber sido más abierto sobre algunas cosas. Es que me siento muy raro con todo esto. Supongo que no esperaba que fuera tan difícil. Lo cual es, con toda probabilidad, muy ingenuo por mi parte. Pero la cosa es que, ¡muchas personas lo hacen! ¡Todo el tiempo! Y en el gran esquema de las cosas, la distancia entre Nueva York y Filadelfia es *ridícula*. Tenemos una suerte increíble. Estuve con él hace una semana, y volveré a tenerlo conmigo el viernes, y Abby, no sé por qué esto es tan insoportable. Es solo que lo echo muchísimo de menos.

De todos modos, te quiero, y gracias, y abraza a Leah de mi parte, ¿vale? Bueno, es probable que ya os estéis abrazando en ESTE PRECISO INSTANTE, ¿no es así? (¿«Abrazar» es un eufemismo? ¡No lo sé, dímelo tú!).

Yo también te echo de menos, Abby Suso. ♥

Con amor,
Simon

9

De: leahadestiempo@gmail.com
Para: abbysuso710@gmail.com
Fecha: 7 de octubre a la 1:12
Asunto: Re: Esto es raro, ¿verdad?

Es *muy raro*. Sigo levantando la vista del móvil esperando que estés ahí, y no, solo son 50 millones de puñeteros dibujos manga impresos. Estás demasiado lejos. No me gusta. Y te echo de menos, y me doy cuenta de que eso me vuelve insufrible. Ay no, tengo que dormir en una habitación diferente a la de mi novia durante tres noches. No doy ninguna pena.

Pero siento haber tardado tanto en responder adecuadamente. *Alguien* quería ver *Mamma Mia!* otra vez (en realidad, que sean dos alguien, porque, por lo que parece, Wells se sabe al dedillo la letra de *Dancing Queen*. ¿Quién lo iba a decir?). Y tú estás en mi lista negra, Abby Suso, porque yo *nunca* lloro con esa película. ¿Por qué me afecta *Mamma Mia!* de manera tan diferente ahora? ¿¿¿Qué me has hecho???

De todos modos, lo de mañana va a ser todo un espectáculo. ¿Estás segura de que no quieres que llevemos algo de guarnición por lo menos? Creo que mi madre está muy preocupada de que tus padres la odien. No deja de hablar de lo emocionada que está, pero se pone frenética cuando lo dice.

Solo como advertencia, tiene muy poco filtro cuando está nerviosa, pero estaré lista y preparada para… interferir si es necesario. Y, por supuesto, ella y Wells tienen la lista completa de lo que tus padres saben y no saben. (Tengo que decir que me encanta el hecho de que tus padres sepan que soy tu novia. Lo único que no saben es que soy tu *compañera de cuarto*. Y nos aseguraremos de que sigan sin saberlo).

Nos vemos pronto. Y hasta entonces, me quedaré aquí en la cama de mi infancia, entregando toda mi existencia a cierta palabra de cuatro letras. (Vaga. La palabra es *vaga*). (Entre otras).

Te echo de menos, Suso.

Cordialmente,
LCB

De: abbysuso710@gmail.com
Para: leahadestiempo@gmail.com
Fecha: 7 de octubre a las 21:34
Asunto: Re: Esto es raro, ¿verdad?

¡Feliz última noche sin mí! Sinceramente, deberías aprovecharte de esto. Llevar a cabo todas las travesuras juveniles que no tengan que ver con Abby y… ¿ver una película con subtítulos? ¿Leer un montón de libros con marcapáginas? Francamente, ni siquiera sé qué harías sin mí. ¿Así que a lo mejor podemos olvidarnos de la idea de las travesuras y mensajearnos toda la noche?

La cena fue bien, ¿no crees? Estoy bastante segura de que mi madre quiere adoptar a la tuya (también me da la impresión de que cree que tu madre tiene unos veinticinco, ¡lo cual es un cálculo interesante!). Siento mucho lo de la iglesia, Leah. Te prometo que no está intentando hacer ningún tipo de declaración. Ni siquiera es demasiado religiosa. Solo quiere presumir de ti ante sus amigas de la iglesia (es muy bonito, ya se lo ha contado todo sobre nosotras y creo que hasta eliminó con Photoshop a Garrett de algunas de nuestras fotos de graduación. ¡Ups!).

La cosa estuvo *decididamente* cerca cuando mi padre preguntó por tu compañera de cuarto. Tía, tú y tu madre sois unos opuestos muy divertidos. Ella estaba allí sentada, con los ojos a punto de salírsele de las órbitas, con pinta de acabar de tragarse veinte pimientos picantes. Pero ¿tú? Simplemente te encogiste de hombros y dijiste: «Es simpática. Estamos trabajando juntas en un proyecto de Anatomía». No me miraste ni un segundo mientras lo decías. Flirteas que da miedo, Leah Burke. NI SIQUIERA ESTUDIAS ANATOMÍA. (Además, me hiciste sentir cosas que no debería sentir sentada a la mesa de mis padres, así que gracias por eso, imbécil).

Envíame un mensaje cuando te levantes. ♥

Besos y abrazos,
Abby

De: bluegreen118@gmail.com
PAra: hourtohour.notetonote@gmail.com
Fecha: 7 de octubre a las 22:11
Asunto: Re: Estoy bastante seguro de que yo te echo más de menos

Querido Jacques:

Bueno, ya estoy en casa. Y he estado contemplando este correo electrónico durante unos veinte minutos, buscando algo optimista que decir. Pero no tengo nada que decir. No deja de hacerse más y más difícil. No puedo creer que me haya despertado esta mañana con tu cabeza apoyada en mi cuello, tu mano en mi pecho. Simon, ni siquiera puedo decirte lo vacía que siento mi habitación. Quiero volver a Filadelfia, a contemplar todos los árboles junto al estanque de los patos, y besarte detrás de Drinker House, porque por lo visto existe de verdad (y para que conste, si besarte es mi castigo, felizmente perderé todas las apuestas que hagamos).

Pero, en fin, sé que estás intentando acostarte pronto (y probablemente estés fracasando miserablemente. No sé cómo puede alguien dormirse antes de un vuelo a las seis de la mañana). ¿Ya se ha ido Kellan? En realidad estoy muy contento de haberlo conocido. Me cae bien. Definitivamente es un bicho raro, pero es entrañable. Es decir, está claro que cree en fantasmas, y no pillo el rollo de los payasos. Pero está viviendo su verdad, y eso lo tengo que respetar. Además, estuvo muy bien por su parte que se quedara en la habitación de Grover todo el fin de semana. ☺

Y bien, ¿es raro saber que mañana estarás en casa? Estoy seguro de que tus padres comprarán toda la sección de Oreo del supermercado. Es bastante flipante que se las hayan apañado para escondérselo todo a Nora. ¿Quién sabía de lo que tu padre era capaz? Estoy impaciente por saber cómo reacciona cuando te vea. Felicítala de mi parte, ¿vale? De verdad que odio no ir contigo. Todavía no puedo creerme que tengas una semana entera libre, y yo esté atrapado aquí (con dos trabajos para el viernes, nada menos). Pero parece que voy a hacer un juego de escape con Ella y su amiga Miriam el sábado (ella jura que es divertido y cree que se me dará bien. ¡Supongo que ya lo averiguaremos!). Y luego tengo un partido el domingo.

Simon, siento mucho no haberte hablado del fútbol. Y siento que me costara tanto explicártelo en persona. Ni siquiera tengo una buena razón. Supongo que estaba extrañamente avergonzado de que fuera una liga interna y no el equipo de la escuela. Lo cual es ridículo, me doy cuenta, por muchas razones, comenzando por el hecho de que literalmente eres la última persona que me juzgaría por ello (Simon, ni siquiera estoy seguro de que sepas lo que *son* los deportes intrauniversitarios). Pero me sentí muy cohibido al respecto de todos modos, como si no fuera realmente el chico futbolero del que te enamoraste. Y luego estaban los factores logísticos, como la gran cantidad de partidos que se juegan los domingos. No quería que sintieras que teníamos que planear nuestras visitas en función de mis partidos (mi equipo sabe que tendré que perderme algunos, y a todos les parece bien, lo prometo).

Y, Simon, creo que la parte que peor me hace sentir es el hecho de que me está gustando mucho, mucho. Y eso hace que sienta que soy un novio horrible. No sé si eso tiene sentido. Supongo que siento que si soy feliz aquí, básicamente estoy haciéndole una peineta gigante a nuestra relación. Sé que es completamente ilógico, y te PROMETO que no tiene nada que ver con nada que hayas dicho o hecho. Es solo que mi cerebro está defectuoso, como siempre. No creo que te haya contado lo del primer año después de mudarnos, pero fue lo mismo. Estaba en un colegio nuevo, en una ciudad nueva, y sentía que cada momento decente era una traición a mi antigua vida.

No quiero que pienses que te echo menos de menos, ¿vale? El fútbol es una distracción agradable, pero tú eres el amor de mi vida.

Con amor,
Blue

De: hourtohour.notetonote@gmail.com
Para: bluegreen118@gmail.com
Fecha: 8 de octubre a las 12:10
Asunto: El chico futbolero del que me enamoré

He estado pensando en tu correo toda la mañana. Dios. Ni siquiera sé qué decir. Estoy destrozado, Bram. Lo siento muchísimo. Has encontrado algo bueno y te he hecho sentir que no podías decírmelo. Soy el peor novio del mundo. Pero déjame ser totalmente claro: quiero que seas feliz. Y si eso es en Nueva York o Nueva Zelanda o en la Antártida o en Júpiter, que así sea. Bram, me encanta que estés jugando al fútbol. Me encanta que te guste. Me encanta que seas feliz. Te quiero, ¿vale? Y eso es todo. Ese es todo mi argumento.

Así que cuéntamelo todo. Quiero que me hables de tus compañeros de equipo, y si puedes usar esos calcetines hasta la rodilla tan monos, y si te darán un trofeo con un tipo de oro al revés pateando una pelota de fútbol. Quiero saber si te sientes diferente a como te sentías en Creekwood. Ah, y para que conste, sé lo que son los intrauniversitarios, muchas gracias. ¿Sabías que jugué básquet durante seis meses en el instituto? TAMBIÉN GANAMOS UN PARTIDO (vale, técnicamente el otro equipo tuvo que abandonar, pero AUN ASÍ FUE UNA VICTORIA).

Por otro lado, ¡ya estoy en casa! Aunque llegar aquí fue un poco mierda. No sé por qué elegí un vuelo que ha aterrizado en plena hora punta de la mañana en Atlanta (vale, sí sé por qué, era barato, pero DIOS. Menudo desastre). Además, mi padre se ha tomado la mañana libre para ir a recogerme, e íbamos a parar en el Varsity a por naranjas escarchadas. Pero el Varsity ni siquiera estaba abierto todavía, porque por lo visto Simon y Jack Spier son los únicos dos imbéciles que quieren batidos casi de madrugada. Pero Nora todavía está en clase, por supuesto. Tal vez me esconda en su habitación con Bieber y me levante de la cama o algo así cuando ella entre. ¿Eso es espeluznante, genial, o ambas cosas?

De todos modos, chico futbolero, ve a ser feliz esta semana. Dale patadas a un balón, pasa el rato con Ella, ve en metro hasta Brooklyn. Enamórate de Nueva York. (Y, por el amor de Dios, ¡ve al comedor! Eres un atleta, ¡ve a comer comida de verdad!).

Te quiero más que a nada, ¿vale?

Con amor,
Simon

De: simonirvinspier@gmail.com
Para: leahadestiempo@gmail.com
Fecha: 14 de octubre a las 16:55
Asunto: ¡¡De vuelta en filadelfia!!

¡Hola! Solo quiero que sepas que he llegado (y siento todos los mensajes frenéticos). Mierda, he estado demasiado cerca de perder el vuelo para que me sienta cómodo. Me sorprende que me hayan dejado subir a bordo. He tenido que hacer el paseo de la vergüenza del avión, en el que todos esperan descaradamente que no ocupe el asiento extra que parece que de repente sienten que es suyo por derecho de nacimiento. Pero ya estoy aquí, y es extrañamente agradable estar de vuelta en mi habitación. Incluso me ha gustado ver a Kellan. Es gracioso, me acaba de preguntar cómo fue mi viaje a la conferencia de Shady Creek, como si fuera una ciudad normal de la que la gente ha oído hablar. Es dulce que se acordara de eso, supongo.

Ha sido muy, muy genial veros a todos, ojalá me hubiera quedado todo el fin de semana. Nunca antes había visitado Athens, y ahora estoy bastante celoso de ti, porque es la ciudad más genial del mundo. Me encanta esa tienda de discos, con todas las carátulas de los discos en la pared y todos los carteles vintage de R.E.M. Leah, podría encerrarme en esa tienda y ser feliz el resto de mi vida.

Y gracias por dejarme darle vueltas al asunto de Bram. Sé que todo va a salir bien. Ya está bien. Me siento mal por haberle hecho sentir que tiene que odiar Nueva York para demostrar que me echa de menos. Y no quiero que esté triste solo porque yo esté triste.

Es decir, yo no odio este sitio. Es solo que todo parece muy apagado sin él. Es difícil de explicar. Me siento feliz a veces, pero hay un límite. Sin Bram, nunca estoy bien en más de un 75 por ciento. Y, Leah, me da mucho miedo no estar dispuesto a pasar por esto durante cuatro años. Puede que tomara la decisión equivocada. Me encanta esta universidad. Es el lugar más precioso que he visto en toda mi vida. Y me gusta mi grupo personalizado. Pero tampoco siento que tenga una relación cercana con ninguno de ellos. Y no hace falta ser un genio para saber por qué. No estoy totalmente presente. Tengo un pie en Nueva York.

Lo siento, sé que es mucha cosa. No tienes que responder a nada. Solo estoy siendo un cabeza de corlito (mi nuevo *norismo* favorito, ¿te puedes creer que nuestra chica se ha enterado hoy de que la palabra es en realidad «chorlito»? Me preocupan las escuelas públicas de Georgia, de verdad). En fin, que buena suerte con la Sociología. Maldita sea, te vas a salir, joder, por supuesto, porque eres tú y porque estás adorablemente obsesionada con esa clase.

Te echo de menos, Leah.


Con amor,
Simon

De: leahadestiempo@gmail.com
Para: simonirvinspier@gmail.com
Fecha: 16 de octubre a las 10:01
Asunto: Re: ¡¡De vuelta en filadelfia!!

Lo que es realmente adorable es la idea de que te sientes en tu pequeña cama y escribas las palabras «maldita sea» y «joder». No quiero poner tu mundo patas arriba, Spier, pero el objetivo de «maldita sea» es evitar decir «joder». Usar ambos es como pedir una Coca-Cola Light y veinte dónuts. Di «joder» a secas, ¿queda claro? Aprópiate de él. Vive tu verdad. (Por cierto, clavé el puto examen).

Simon, escúchame: siempre, siempre estoy disponible para cuando divagues. No te disculpes. Este es un gran cambio para vosotros, y ni me imagino cómo debéis de sentiros. Obviamente, mi situación ahora mismo es lo opuesto a la de larga distancia, pero te aseguro que he pensado en todo ese asunto de estar totalmente presente. Mi madre siempre solía decir que nunca tuvo una experiencia universitaria inmersiva (se refiere a que mi yo bebé era un bloqueador de penes). De todos modos, siempre dijo que le gustaba la idea de que yo entrara en la uni con la hoja en blanco, sin bebés, sin relaciones. No me malinterpretes, a ella le encanta Abby. Pero supongo que debo de haber interiorizado esa idea en algún momento, porque de vez en cuando me encuentro preguntándome qué fiestas rechazar porque prefiero quedarme con mi novia. (Y entonces recuerdo que me parece *perfectamente* bien declinar las invitaciones a fiestas, con o sin novia).

Lo que intento decir es que entiendo lo que dices, al menos la sensación de tener un pie dentro y otro fuera. Pero tal vez eso sea lo que pasa cuando encuentras a una persona que te gusta más que el resto del mundo. Dices sí a tu persona y no al mundo, una y otra vez (hasta que te haces mayor y te casas, supongo. Jesús, no tengo ni idea).

De todas formas, siento mucho que lo estés pasando tan mal con todo esto. De verdad que odio lo mucho que estás sufriendo. Pero, Simon, no le debes a nadie tu felicidad. Lo sabes, ¿verdad? Puedes estar deprimido y echar de menos a tu novio y estar triste cuando hace cosas sin ti, y en realidad esa es una manera muy normal de sentirse, joder. No digo que te pongas en plan imbécil con él al respecto. Pero tampoco seas un imbécil contigo mismo.

Te quiero, cabeza de chorlito. Me alegro de que cogieras el vuelo a tiempo.

**12**

De: abbysuso710@gmail.com
Para: leahadestiempo@gmail.com
Fecha: 24 de octubre a las 13:19
Asunto: Escúchame

Sra. Burke, he considerado todas sus preocupaciones y he llegado a la conclusión de que tengo razón en lo que se refiere a este asunto. Tengo la intención de exponer mi alegato final a continuación. Solo le pido que lo lea con la mente y el corazón abiertos.

**Razones por las que Leah Burke y Abby Suso tienen que ir de CatDog en Halloween: un análisis punto por punto**

CatDog es un icono poco apreciado, que merece todo el honor y el respeto del mundo después de haber sido pasado por alto durante décadas (por todos menos por mi hermano, Isaac William Suso, a quien una vez se lo tuvo que convencer de que no se hiciera un tatuaje de CatDog de quince centímetros alrededor del bíceps. Pero los tatuajes, como puedes imaginar, son una conversación completamente diferente. ¿Puedo recordarte que los disfraces de Halloween son fugaces y transitorios, como nuestra propia existencia?).

CatDog, al ser tanto un gato como un perro, es por lo tanto al menos dos veces más creativo que cualquier disfraz de gato o perro.

Iniciador de conversación incorporado: las funciones corporales de CatDog.

CatDog se puede lograr con la lista más mínima de elementos (dos camisetas amarillas extralargas, mallas amarillas, fieltro, pegamento, cartulina, rotuladores, tela extra, pintura para la cara) (vale, no es una lista tan corta, pero es más barato que una capa de Hogwarts).

Literalmente, ¿qué podría ser más sexy que un gato y un perro unidos?

Para serte sincera, me gusta la idea de estar físicamente unida a ti toda la noche.

En conclusión: ¿tomarás mi cuerpo de perro para fusionarlo con el de tu gato mientras ambas asistamos a la fiesta de Halloween de Caitlin este fin de semana?

Besos y abrazos,
Abby

De: leahadestiempo@gmail.com
Para: abbysuso710@gmail.com
Fecha: 24 de octubre a las 15:15
Asunto: Re: Escúchame

¿Sabes? Con todas las horas que pasé soñando despierta sobre cómo sería salir contigo, por algún motivo no anticipé la participación de CatDog. Te das cuenta de que CatDog es en esencia un pene con cabezas de animales en cada extremo, ¿verdad? ¿Y que el gato y el perro están en una relación romántica el uno con el otro? ¿Son hermanos? No lo sé, Suso. Si vamos a andar por ahí vestidas como ellos toda la noche, siento que deberíamos conocer su relación.

(No me puedo creer que te deje convencerme de esto. Es que de verdad que no me lo puedo creer, ni siquiera mientras escribo esto. Estos sentimientos de palabras de cuatro letras están empezando a ser un PROBLEMA).

Entonces, yo soy el gato, ¿eh?

Saludos cordiales,
LCB

De: hourtohour.notetonote@gmail.com
Para: bluegreen118@gmail.com
Fecha: 28 de octubre a las 3:04
Asunto: Esta noche

Muy bien, antes que nada, Bramster, tu última publicación de Instagram es un ataque personal. ¿Llevas puesta una bata de Ravenclaw? Envíame un mensaje de advertencia la próxima vez o algo así. Sabes PERFECTAMENTE que ahora tengo que dejar un emoticono que babea y con los ojos en forma de corazón en los comentarios (¡¡¡donde mis hermanas pueden verlo!!!). Eres tan condenadamente guapo. A veces veo una foto tuya, y me digo: *Por dios, ese es mi novio*. Debería hacer un PowerPoint con fotos tuyas y llamarlo «Lo siento, pero está pillado». Será genial, haré que el mundo entero se muera de celos.

De todos modos, espero que tú y Garrett tengáis un feliz fin de semana de Halloween (que *claramente* debería llamarse Hallowfin de semana, ¿por qué no lo hacemos?) (espera, acabo de buscarlo en Google y parece que la gente ya lo está haciendo, así que enhorabuena a todos los Einsteins que lo han convertido en un hashtag. Vaya modo de ser un millón de veces más inteligente que yo). Vale, ya se me ha olvidado de qué estaba hablando. DIOS, TENGO MUCHÍSIMO QUE CONTARTE, pero no sé por dónde empezar, porque ahora mismo estoy un poco borracho. No tan borracho como para dar volteretas en el parque llevando solo unas orejas de Mickey... (Mickey desnudo, quienquiera que seas, eras alegre y libre, y me alegro por ti).

¿¿Sabes qué?? La universidad es increíííííble. Y antes de que se me olvide, Kellan me ha dicho que te dijera que fueras a Big Nick's Pizza, porque tienen la mejor pizza y los mejores batidos, y lo sabe por su primo Dannon Maya que (a pesar de que parece que se llama así por el yogur) es un verdadero neoyorquino. Espera jaja lo siento, son DOS primos, Dan Y Maya, lo cual tiene mucho más sentido. No hace falta decir que Kellan está ligeramente borracho y también va vestido como un muñeco de ventrílocuo (lo cual es un giro de la trama que NO había visto venir... ¡A Kellan le gustan los payasos y los muñecos!).

Pero tengo que contarte lo de anoche, Bram, y en realidad quiero llorar en este preciso instante, porque me siento muy aliviado de que mi cerebro recuerde cómo ser feliz. Anoche me sentí por fin en la UNIVERSIDAD. Fue exactamente como siempre me lo había imaginado. Ni siquiera tenía pensado salir, porque todo lo que tenía era un disfraz que consiste en una camiseta a rayas de ladrón de bancos, también conocido como el disfraz más básico jamás inventado. Pero entonces vino Liza (no logro recordar si te he hablado de ella, pero es nuestra consejera. Algo así como una mentora, supongo. En pocas palabras, es una estudiante de segundo año que vive en mi pasillo, y es como una hermana mayor para todo nuestro grupo personalizado). Así que Liza me ha tomado bajo su protección (literalmente me protegió bajo su ala, iba disfrazada de ángel) (¡también es un ángel DE VERDAD!). Ni siquiera sé cómo pasó, B, pero me puse el tutú de Liza por encima de los tejanos y la camiseta, y ya era Billy Elliot. («Stranger Things Edición Bailarina» era una suposición buenísima, ¡felicita a Garrett de mi parte!).

Así que unos cuantos de mi grupo personalizado acabamos en la habitación de un tal Jacob (¿he mencionado que hay dos Jacobs en mi pasillo, además de un Isaac y una Rachel? Me siento como si viviera en el Antiguo Testamento. OJALÁ TUVIÉRAMOS UN ABRAHAM). A lo que iba, éramos yo, los dos Jacobs, Liza, Kellan, Grover y Jocelyn, del piso de abajo. Ya he pasado el rato con Liza y los Jacobs antes (hemos visto la televisión o charlado en el baño, ese tipo de cosas), pero no me había sentado de verdad a hablar con ellos. Así que nos amontonamos en la cama de Jacob, despotricando sobre política y hablando de toda nuestra gente de casa (por supuesto les solté una CHARLA sobre ti). Y luego de alguna forma de repente había vodka y zumo de naranja, y habíamos planeado ir a la gran fiesta de Halloween en Bryn Mawr, pero terminamos descartando ese plan y yendo a la de Founders Hall (que es cuando te dejé el mensaje en el buzón de voz).

No sé, todo resultaba muy divertido y despreocupado. Bailé con las chicas un rato, y tuve una extraña e intensa conversación sobre pandas con alguien que iba disfrazado de panda (ni siquiera sé su nombre, estábamos en la cola del baño). Y luego volvíamos caminando a casa, y Bram, ADIVINA QUÉ PASÓ: ¡¡¡Kellan y Grover se dieron la mano!!! Y resulta que llevan juntos desde la semana de orientación, y me perdí el memorándum porque soy así de distraído. Bram, todo este tiempo he creído de verdad que eran mejores amigos. Soy literalmente aquella mujer, Marjorie, de la estación de tren («¡Debo decir que encuentro refrescante que los jóvenes estén dispuestos a ser cariñosos con sus amigos!»). Debería devolver mi carné gay. A estas alturas ni siquiera merezco beber café helado.

Ay Dios, este correo es como una novela mala. ¡¡Lo siento!! Te echo mucho de menos, cariño. Mi vida. Cielo. Dios mío, no puedo decir NINGUNA de esas palabras con la cara seria. ¿Es que nunca vamos a usar apelativos cariñosos? Querido… Me encanta ese. Me recuerda a Monty y Percy (aunque en realidad, ¿qué ve Percy en ese desastre de tío?). Así que, querido, espero que tú y Garrett tengáis un excelente fin de semana de Halloween. ¡Más fotos, por favor! Te quiero mucho, Brammy Bram. Vuelve a Filadelfia lo antes posible, para que podamos enseñarle a Marjorie algo REALMENTE refrescante.

Con amor,
Simon, Edición Bailarina

De: bluegreen118@gmail.com
Para: hourtohour.notetonote@gmail.com
Fecha: 29 de octubre a las 11:29
Asunto: Re: Esta noche

Querido Jacques:

Hola, querido. ☺ Espero que sigas durmiendo. No logro decidir si tu correo me ha encantado o me ha destrozado por completo. Puede que ambas cosas. El problema, Simon, es que el tú borracho suena igual que el tú somnoliento, y pensar en el Simon Spier somoliento ahora mismo es una especie de puñetazo en el estómago. ¿He mencionado cuánto echo de menos tu cabeza en mi almohada? Es lo que *más* echo de menos. Especialmente la parte en la que te quedas dormido mientras hablas (que es, por cierto, *exactamente* la energía que desprende tu correo). De todos modos, lo que intento decir es que estoy perdidamente enamorado de mi novio borracho.

(Por si sirve de algo, creo que sé lo que Percy Newton ve en Henry Montague).

Muchas gracias por el emoticono sediento (tus dos hermanas le dieron corazones, al igual que tu madre, por supuesto). Anoche estuvo… ¿bien? No me malinterpretes, era una buena casa encantada. Puede que fuera *demasiado* buena (confesión: no le veo el sentido a las casas encantadas si no puedo salirme a la mitad y besarte en el asiento trasero del coche de Nick). A Garrett le encantó, sin embargo. Sigue desmayado, pero lo despertaré en un minuto, que tiene que estar en LaGuardia a las tres. Lo cierto es que ha sido realmente increíble tenerlo aquí. Me ha puesto al día de todo lo que pasa en la Tech (excepto lo de Morgan, porque sigue insistiendo en que no ha pasado nada. ¡Todavía!). En general, parece feliz. Parece que tiene problemas para llevar al día la carga de trabajo (no estoy seguro de que escaparse a Nueva York el fin de semana fuera la solución a ese problema en particular, pero estoy intentando calmar a mi empollón interior y dejar vivir a nuestro angelical colega).

Ah, me alegra mucho que por fin hayas podido «sentirte en la universidad». Confieso que casi me muero de la risa ante la idea de ti con un tutú (¿no estaría orgulloso de ti tu yo del pasado?). Me ha hecho muy feliz, de la misma manera que tus cordones de arcoíris me hacen feliz. Me encanta verte explorar esa parte de ti mismo. No tienes que renunciar ni a un solo día de café helado, Simon, lo prometo.

¡Dile a Kellan que le agradezco la recomendación! Puedo reservar el plan para cuando vengas en diciembre, si quieres. ¡Me alegra mucho lo de él y Grover! Lo sospeché cuando Kellan se quedó en la habitación de Grover todo el fin de semana (además, te das cuenta de que Kellan tiene una foto enmarcada de Harvey Milk en su escritorio, ¿verdad?). Así que a lo mejor tienes dentro un toque de Marjorie, pero ¿no lo tenemos todos? Yo tampoco estoy triunfando en esto exactamente (ver también: noche de graduación).

Te quiero. Y echo de menos todas tus ediciones. Mándame un mensaje cuando te despiertes, ¿vale?

Con amor,
Blue

De: abbysuso710@gmail.com
Para: leahadestiempo@gmail.com
Fecha: 5 de noviembre a las 10:18
Asunto: Hola, soy una genio

Acaba de pasar lo siguiente: yo, Abby Suso, he descubierto oficialmente la solución al *aburrimiento en sí*. Ahora mismo, estoy en Geometría Analítica y Cálculo (es tan fascinante como suena), pero la cosa es: ¡¡Te estoy mandando un correo!! ¡Desde Geometría Analítica y Cálculo! Así que, aquí está el truco:

Abre un documento Word.

Titúlalo «G. Anal. C.» (Dios, me encantan las abreviaturas).

Minimízalo en una barra horizontal dejando que se vea el título, con orgullo.

Abre «redactar correo electrónico» en una pestaña y ponla debajo de tu Word.

Y... *¡voilà!* APÁRTATE, GEOMETRÍA ANAL. Bienvenida a Cartas de amor a mi novia, donde la clase *siempre* está teniendo lugar. Veamos, ¿qué hay en el programa de estudios de esta mañana? ¿Discutimos las propiedades geométricas de nuestro dormitorio? Leah, para mantener el espíritu de CatDog, me gustaría señalar las vastas y complejas ventajas que se derivan de la fusión de dos entidades separadas en una sola (guau, sueno como un abogado en busca de sexo). Vale, lo que intento decir es que *hace tiempo* que necesitamos un reordenamiento estratégico de los muebles.

Para que quede claro: yo, Abby Nicole Suso, propongo oficialmente que unamos nuestras camas, y expondré mi caso a continuación.

Imagínate lo siguiente: empujamos mi cama hasta tu lado de la habitación, liberando instantáneamente casi una *pared completa* de mi lado (¡¡¡y luego la cubrimos con esos paneles temporales de falsos ladrillos blancos para lograr la estética definitiva de Pottery Barn!!!).

Soy consciente, por supuesto, de que tener una única cama es una Declaración. Dicho esto, el hecho de que seamos literalmente incapaces de estar cerca de la otra sin alguna forma de contacto físico es también una Declaración. Así que tal vez nos inclinemos hacia la Declaración.

DE TODOS MODOS YA ACABAMOS EN UNA ÚNICA CAMA EL 90 POR CIENTO DEL TIEMPO, LEAH BURKE, Y LO SABES.

¡Solo digo que la geometría analítica de la situación me parece bastante clara! (Hablando de geometría, mi profesora acaba de sostenerme la mirada y ha asentido, satisfecha… ¡¡¡Le encanta mi diligente método para tomar apuntes!!!).

¡Se me ha olvidado decirte que ayer hablé con Simon cuando estabas en la biblioteca! Está mejor, creo. Estoy segura de que te ha contado que su compañero de cuarto rarito y adorable ha salido del armario (en realidad, no creo que Kellan haya estado nunca dentro, pero Simon es Simon). De todas formas, nuestro chico está claramente encantado de tener a un tío gay platónico como mejor amigo, y le gustaría que supiéramos que Kellan tiene de hecho un saludable interés general en el terror y los fenómenos paranormales, y no «en los payasos». ¿¿Y parece que Kellan y su novio lo han convencido de ir a un tour de fantasmas en Filadelfia el fin de semana de su cumpleaños?? No soy la única que se acuerda de él y de Bram en Netherworld el año pasado, ¿verdad?

De todos modos, me alegra que por fin esté pasando más tiempo con la gente de Haverford (ah, y por fin he preguntado sobre lo del «grupo personalizado». Parece que básicamente se trata sus compañeros de clase). No lo sé, Leah, he estado muy preocupada por él desde las vacaciones de otoño. ¿No parecía un poco raro cuando lo vimos? Sé que lo de la larga distancia le está afectando mucho y creo que es su periodo más largo de este semestre sin verse. Ojalá supiera cómo lo está llevando Bram. ¿Te dijo algo Garrett cuando hablaste con él? ¿Podemos, como… enviarle un mensaje a Bram y comprobarlo? ¿Sería raro?

Dios, ni siquiera sé cómo se las apañan. Yo apenas puedo soportar que tu cama esté al otro lado de la habitación.

Bueno, la clase se acaba en un minuto, así que estoy releyendo esto muy rápido antes de enviarlo, y mmmmm siento que le faltan algunos elementos críticos de una carta de amor. ¿Quizás más palabras de cuatro letras ayudarían? ¡Solo es una idea!


Besos y abrazos,
Abby

De: leahadestiempo@gmail.com
Para: abbysuso710@gmail.com
Fecha: 5 de noviembre a las 14:11
Asunto: Re: Hola, soy una genio

Vale, Suso, estoy probando tus métodos en Introducción a la Literatura Inglesa (pero si crees que aun así no he titulado el documento «G. Anal. C», es que no me conoces). Hasta ahora, ¡todo bien! Una pregunta, sin embargo: ¿vamos a intentar aprender algo de la materia del curso o no?

Bueno, Abigail, he revisado tu propuesta, y no tengo ninguna objeción (aparte del hecho de que claramente estoy sentando un desafortunado precedente de ser fácilmente persuadida por las listas de múltiples puntos). (Dios, me vas a pedir que me case contigo un día con una puñetera lista numerada por correo electrónico, ¿verdad?). Pero incluso yo tengo que admitir que los puntos dos y tres son muy persuasivos. Pero lo de Pottery Barn… Sabes que me estás enviando un correo a mí, ¿verdad? ¿Leah Burke? No a… ¿la madre de Simon?

Pasando a tu pregunta más importante: ¿eres la única que se acuerda de Simon y Bram en Netherworld? ¿Te refieres a la vez que ambos se asustaron tanto que tuvieron que ser escoltados, llorando, por la salida de emergencia? ¡Apuesto a que Simon va a ser una auténtica delicia en ese tour de fantasmas!

Yo ya sabía que Kellan era gay. Me emociona saber que no «le van los payasos». (Dios, me encantaría saber cómo fue esa conversación). Me siento muy feliz por Simon. Y celosa, por supuesto, porque soy una gilipollas territorial. Pero sé que él también se merece un mejor amigo gay, especialmente uno que no esté a un viaje en tren de distancia. Me preocupo por él. Ha sido un desastre desde agosto, ¿no? Garrett dice que Bram está bien, solo está un poco distraído y muy pegado a su móvil. Estoy segura de que le parecerá bien si le mandamos un mensaje. Todo esto es un fastidio. Me pregunto si uno de ellos debería cambiarse de universidad o algo así. Aunque Simon parece más optimista esta semana, así que tal vez me esté poniendo dramática. Pero sí, tampoco sé cómo lo consiguen. A mí me costaría mucho estar tan lejos de ti.

Dios, no dejo de acordarme de lo que has dicho sobre nosotras y el contacto físico. No te voy a mentir, Suso, me ha dado de lleno, como un ladrillo en la cara. Tienes razón. Es solo que no había pensado en ello hasta que lo has dicho. Supongo que a estas alturas ya es automático. Veo tu mano y tengo que sostenerla. Tu boca existe, así que tengo que besarla.

Sabes que me aterrorizas, ¿verdad?

Atentamente,
LCB

De: bluegreen118@gmail.com
Para: hourtohour.notetonote@gmail.com
Fecha: 16 de noviembre a las 10:02
Asunto: Al borde de los diecinueve

Querido Jacques:

Es el último día de tu primer año de la edad adulta (pronto será el primer día del último año antes de la veintena, ¿ya te da vueltas la cabeza?). No puedo creer cuánto tiempo hace que te conozco. No puedo creer lo recientemente que te he conocido de verdad. Mi cerebro sigue retrocediendo a través de todos nuestros noviembres, y no sé cómo lo haces, Simon, pero haces que los recuerdos parezcan un viaje en el tiempo. Todo está en alta definición cuando se trata de ti.

¿Te acuerdas del año pasado? El baile de bienvenida, en el que no bailamos. Y después en la cabaña de Nick, cuando no dormimos. O el noviembre de tercero, cuando le dije a mi novio secreto por correo que me lo imaginaba a él en mis fantasías sexuales. (¿Que si me acuerdo? Simon. Sabes que básicamente dejé de respirar hasta que contestaste, ¿verdad?). O en segundo curso, cuando la profesora Warshauer anunció un concurso sobre Chaucer. Le dijiste que ella era la causa de tu muerte, y se rio tanto que tuvo que salir de la clase durante diez minutos.

Y luego en noveno. Simon, ¿quieres saber qué estaba haciendo hoy hace cuatro años? Estaba cayendo de cabeza en el mayor enamoramiento (y el que más me consumió) de mis 14 años de vida. A primera hora teníamos Biología, la clase de la profesora Hensel, y fuimos compañeros de laboratorio. ¿Lo recuerdas? Era esa clase de mierda en la que teníamos que lanzar una moneda para determinar el genotipo de nuestro bebé ficticio. Era la primera vez que hablábamos, aunque yo intentaba no mirarte embobado.

Recuerdo cómo me sentía. Mis latidos acelerados, el remolino de mi estómago, la forma en que mi cerebro dejaba de funcionar cada vez que tu boca se movía. Por supuesto, me había fijado antes en ti. El escuálido Simon Spier, de primer año, con tu pelo despeinado y tus gafas gruesas. Siempre parecías muy sorprendido y contento cuando alguien te hablaba, lo cual era muy extraño y entrañable. (Simon, todo el mundo quería hablar contigo. No creo que hayas hecho frente nunca a tu propia atracción gravitacional).

Así que ahí estaba yo, *haciendo un bebé* con aquel chico insoportablemente guapo (que tenía un montón de opiniones muy firmes sobre la terminología del lanzamiento de monedas: «¿Cómo va a ser eso cruz, Bram? ¿Cómo? ¡Es el puñetero frente del águila!»). Nunca olvidaré cuando tuvimos que traducir todos esos genotipos en fenotipos. Nuestro desastre de bebé con fosas nasales gigantes. Y, Simon, tú lo adorabas. Adorabas cada mechón de pelo recesivo en las orejas. Sostuviste mi dibujo junto a tu cara, resplandeciente, y ahí estuve perdido definitivamente, Spier. Mi corazón es tuyo desde entonces.

De verdad que me gustaría poder estar allí mañana. Sé que los dos estaremos en casa en cinco días, pero es un asco.

Cada momento que perdemos es estúpidamente duro. Y estos cuatro estúpidos años parecen una eternidad. Pero tengo planeado estar enamorado de ti durante mucho tiempo, Simon Spier. Haremos que estos cuatro años sean una minucia. No serán nada.

Con amor,
Blue

De: hourtohour.notetonote@gmail.com
Para: bluegreen118@gmail.com
Fecha: 18 de noviembre a las 19:12
Asunto: Todavía estoy… madre de Dios

Abraham Louis Greenfeld, eres INCREÍBLE. Acabo de releer nuestros correos electrónicos y no puedo parar de sonreír. Eres un puñetero estafador, ¿lo sabías? Dios. Bram. La mejor sorpresa de mi vida. Creo que todavía no he vuelto a la Tierra.

Bram, nunca superaré verte en mi cama, con las piernas cruzadas, en pantalones de franela, leyendo un libro de texto. UN LIBRO DE TEXTO. Como si fuera una noche cualquiera de hacer deberes. Y yo me quedé en la puerta, *sin palabras*. Bram, creía que eras un fantasma (probablemente porque acabo de volver de un tour de fantasmas, COMO BIEN SABES, PORQUE ESTÁS CONFABULADO CON MI COMPAÑERO DE CUARTO).

Solo estoy intentando entender el hecho de que los dos hayáis estado planeando esto todo el mes. Sois los más astutos del mundo. Aún no me puedo creer que LE MANDARAS UN MENSAJE PRIVADO A KELLAN, lo convencieras de llevarme a un tour de fantasmas y luego convencieras a mi grupo personalizado para que te colaran *a escondidas en mi dormitorio*. ¡¡¡Menudo engaño!!! Por cierto, ahora mismo Kellan y Grover están asquerosamente satisfechos de sí mismos. No dejan de chocar los cinco entre ellos. Tíos, por eso la gente cree que sois un par de heteros. (Vale, si uno los observa de cerca, cuando chocan los cinco entrelazan un poco los dedos, pero aun así).

En fin, que ha sido perfecto. El cumpleaños más perfecto que se pueda imaginar. Eres una gran persona de la que estar enamorado, ¿lo sabías?

Con amor,
Simon

# 16

De: abbysuso710@gmail.com
Para: leahadestiempo@gmail.com,
    simonirvinspier@gmail.com,
    bram.l.greenfeld@gmail.com,
    therealnickeisner@gmail.com,
    temetternich.harvard@gmail.com,
    the.original.angel.bro@gmail.com
Fecha: 23 de noviembre a las 16:12
Asunto: Por fin reunión de grupo, joder

Bueno, panda de pavos, traslado esto al correo electrónico, porque parece que *algunas* personas siguen sin ver los mensajes en sus Android. (Yo. Yo soy «algunas personas»).

A lo que vamos, está claro que mañana es el gran día, así que, ¿acabamos de concretarlo? ¿Os parece al mediodía en la Casa del Gofre? ¿De verdad podré ver todas vuestras preciosas caras a la vez?

Besos y abrazos,
Abby

De: the.original.angel.bro@gmail.com
Para: abbysuso710@gmail.com,
    leahadestiempo@gmail.com,
    simonirvinspier@gmail.com,
    bram.l.greenfeld@gmail.com,
    therealnickeisner@gmail.com,
    temetternich.harvard@gmail.com
Fecha: 23 de noviembre a las 16:15
Asunto: Re: Por fin reunión de grupo, joder

Hostia. ¿¿¿Todos mis amigos en la Casa del Gofre??? ¡Esa es una grandísima receta!

Enviado desde el iPhone de G-money

De: the.original.angel.bro@gmail.com
Para: abbysuso710@gmail.com,
    leahadestiempo@gmail.com,
    simonirvinspier@gmail.com,
    bram.l.greenfeld@gmail.com,
    therealnickeisner@gmail.com,
    temetternich.harvard@gmail.com
Fecha: 23 de noviembre a las 16:17
Asunto: Re: Por fin reunión de grupo, joder

Espera, espera, ¿qué Casa del Gofre?

Enviado desde el iPhone de G-money

De: simonirvinspier@gmail.com
Para: the.original.angel.bro@gmail.com,
    abbysuso710@gmail.com,
    leahadestiempo@gmail.com,
    bram.l.greenfeld@gmail.com,
    therealnickeisner@gmail.com,
    temetternich.harvard@gmail.com
Fecha: 23 de noviembre a las 16:21
Asunto: Re: Por fin reunión de grupo, joder

La de Roswell Road, ¿verdad? ¿Cerca del Starbucks? ¡Me muero de ganas!


De: the.original.angel.bro@gmail.com
Para: simonirvinspier@gmail.com,
    abbysuso710@gmail.com,
    leahadestiempo@gmail.com,
    bram.l.greenfeld@gmail.com,
    therealnickeisner@gmail.com,
    temetternich.harvard@gmail.com
Fecha: 23 de noviembre a las 16:23
Asunto: Re: Por fin reunión de grupo, joder

«La Casa del Gofre cerca del Starbucks». Me parto, sin duda alguna estamos de vuelta en Shady Creek, amigos míos.

Enviado desde el iPhone de G-money

De: temetternich.harvard@gmail.com
Para: the.original.angel.bro@gmail.com,
    simonirvinspier@gmail.com,
    abbysuso710@gmail.com,
    leahadestiempo@gmail.com,
    bram.l.greenfeld@gmail.com,
    therealnickeisner@gmail.com
Fecha: 23 de noviembre a las 16:27
Asunto: Re: Por fin reunión de grupo, joder

¡Hola a todos! Menudas ganas de lo de mañana. Una pregunta rápida: «G-money», ¿quién eres?

Besos, Taylor

*Taylor Eline Metternich*
*Universidad de Harvard*
*Encargada del discurso de bienvenida del Instituto Creekwood*

De: the.original.angel.bro@gmail.com
Para: temetternich.harvard@gmail.com,
    simonirvinspier@gmail.com,
    abbysuso710@gmail.com,
    leahadestiempo@gmail.com,
    bram.l.greenfeld@gmail.com,
    therealnickeisner@gmail.com
Fecha: 23 de noviembre a las 16:30
Asunto: Re: Por fin reunión de grupo, joder

   ¡¡Soy yo, Guy Fieri!!
   Vale, espera, de verdad, ¿debería recuperar el pelo de
Fieri? ¿Creéis que las señoritas de Tech sabrán apreciarlo?

   Enviado desde el iPhone de G-money


De: leahontheoffbeat@ gmail.com
Para: the.original.angel.bro@gmail.com,
    temetternich.harvard@gmail.com,
    simonirvinspier@gmail.com,
    abbysuso710@gmail.com,
    bram.l.greenfeld@gmail.com,
    therealnickeisner@gmail.com
Fecha: 23 de noviembre a las 16:35
Asunto: Re: Por fin reunión de grupo, joder

   Garrett, no.

De: abbysuso710@gmail.com
Para: leahadestiempo@gmail.com,
    the.original.angel.bro@gmail.com,
    temetternich.harvard@gmail.com,
    simonirvinspier@gmail.com,
    bram.l.greenfeld@gmail.com,
    therealnickeisner@gmail.com
Fecha: 23 de noviembre a las 16:39
Asunto: Re: Por fin reunión de grupo, joder

Mmm, Garrett, ¿qué quieres decir con «recuperar»? (¿Quiero saberlo?).

De: bram.l.greenfeld@gmail.com
Para: abbysuso710@gmail.com,
    leahadestiempo@gmail.com,
    the.original.angel.bro@gmail.com,
    temetternich.harvard@gmail.com,
    simonirvinspier@gmail.com,
    therealnickeisner@gmail.com
Fecha: 23 de noviembre a las 16:44. 📎
Asunto: Re: Por fin reunión de grupo, joder

Quinto curso. Por favor, ver adjunto.

De: leahadestiempo@gmail.com
Para: abbysuso710@gmail.com
Fecha: 10 de diciembre a las 23:12
Asunto: Finales y otras palabras con «f».

Vale, he cambiado de opinión. Esto es exagerado, Abby, llevas en la biblioteca *quince horas*. ¿Cómo se supone que voy a estudiar Ciencias de la Tierra sin ti acurrucada a mi lado, sentada con las rodillas y las piernas hacia fuera en forma de mariposa (mantengo que esa no es una postura real para estar sentada)? Además, hola, ¿cómo es que nadie está empezando al azar una secuencia completa de estiramientos de brazos y espalda dramáticos? ¿Quién me va a dar un codazo en las tetas, Abby? No puedo darme un codazo a mí misma.

ABBY SUSO, ¿ENTIENDES QUE AHORA MISMO, EN ESTE PRECISO INSTANTE, LLEVO UNA COLETA Y LITERALMENTE NO HAY NADIE QUE ME ESTÉ HACIENDO DISTRAÍDAMENTE PEQUEÑOS MOVIMIENTOS EN LA NUCA COMO SI TOCARA EL PIANO?

Así que, sí. Es oficial, no me van para nada los exámenes finales, especialmente la parte en la que decido ser una completa idiota e insisto en que nos escondamos en salas de estudio separadas en la biblioteca. No sé en qué estaba pensando. Mejor dejarlo mientras vamos ganando, ¿vale? Lo hemos intentado, hemos trabajado mucho y ahora podemos concentrarnos en el examen de Anatomía, como la gente normal que no estudia Anatomía.

Ahora de verdad: sé lo mucho que has trabajado en esta historia, y me tienes impresionada. Piensa que en unos pocos días estará terminada y presentada y a punto de conseguirte un gran y brillante diez en tu expediente. Y luego recibirás encargos de tus fans, ¿a que sí? Qué tal esto: dos chicas que vuelven a casa en el último momento para las vacaciones de invierno, para así poder pasar unas noches extra en su dormitorio. Con la puerta cerrada.

Vale, Hermione Granger, ahora voy a apagar el portátil. Vuelve a casa pronto. ♥

Con mis mejores deseos,
LCB

De: abbysuso710@gmail.com
Para: leahadestiempo@gmail.com
Fecha: 9 de diciembre a las 3:31
Asunto: Re: Finales y otras palabras con «f».

HE TERMINADO, HE TERMINADO, HE TERMINADO, GRACIAS A DIOS. LA MADRE QUE ME PARIÓ. Bueno, estoy esperando el autobús para poder volver a casa con mi pequeña bella durmiente de cara pecosa, y LeLe, lo siento mucho, sé que huelo a biblioteca, pero tendré que ducharme mañana. Porque por ahora, la agotada cáscara vacía conocida como Abigail Suso va a desmayarse sobre su sedosa almohada y a dormir todo lo que quiera. Y mañana me despertaré con las pilas totalmente recargadas, por lo que leeré esta mierda una vez más, y luego le daré a «enviar» y lo entregaré un día antes de la fecha límite. Sí, ya me has oído, voy en plan Taylor Metternich. Y luego, Leah, ¡luego! Voy a llevarlo al siguiente nivel con un poco de esa dulce, dulce Geometría Analítica y Cálculo. Estoy CLAVANDO la semana de finales, Leah, ¡¡¡¡¡¡clavándola!!!!!!!

Vale, guau, estoy leyendo este correo, y sé, Leah, sé que parezco REALMENTE borracha. Pero no lo estoy. Para ser sincera, no he bebido ni una gota (excepto un billón de gotas de café). Solo es que en este momento estoy en un nivel de agotamiento inhumano. Y te echo de menos. Echo de menos tu cara, LCB. Joder. Estoy tan cansada que voy a decirlo sin más, Leah. Te quiero. Estoy enamorada de ti. Ya está. (Sé que es el desarrollo menos sorprendente de todos los tiempos, y sé que no soy para nada sutil, y sé que todavía te estás acostumbrando a ese verbo, pero Leah, te quiero tanto que no puedo soportarlo. Pienso en ti constantemente. ¿Tienes idea de la frecuencia con la que digo tu nombre en mi cabeza?).

De todos modos, te vas a despertar antes que yo y leerás esto antes de que esté lo suficientemente despierta para escaquearme de ello, y tal vez eso sea lo mejor. O podríamos fingir que este correo electrónico no ha existido nunca. Depende de ti, Leah Burke. Pero ahora ya sabes cuál es mi postura.

Besos y abrazos y todo mi estúpido corazón,
Abby

DE: simonirvinspier@gmail.com
Para: leahadestiempo@gmail.com
Fecha: 18 de diciembre a las 13:52
Asunto: Re: Trae tu culo a casa, spier

Estoy. Muy. Celoso. No me puedo creer que yo siga aquí con un examen el jueves por la tarde y tres trabajos para el viernes (¡TRES!) y tú lleves ya una semana en casa. Pero para responder a tus preguntas: llego el viernes por la tarde, y Bram debería llegar treinta minutos después que yo. Vamos a ir en ferrocarril hasta la estación de North Creek, y luego la madre de Bram nos recogerá, así que está todo controlado (¡¡¡pero gracias!!!).

¡Y en realidad sí que estaré aquí para Año Nuevo! No me voy a Savannah hasta enero. Lo siento, me doy cuenta de que llamarlo un viaje de Janucá fue un poco engañoso, jaja. Pero sí, Janucá en realidad ha terminado. B y yo lo celebramos cuando estuve en NY después de Acción de Gracias (hizo la oración de la menorá en hebreo, fue increíblemente mono). Pero vamos a ir en coche el 4 de enero para poder celebrar un Janucá retrasado con su padre, su madrastra, Caleb y varios familiares mayores, incluyendo al abuelo Greenfeld (a quien Bram describe como un cruce entre Bernie Sanders y Eugene Levy, así que predigo mucha excelencia).

Y, para tu información, está todo oficialmente confirmado para mi misión supersecreta del 18 de enero. Ahora mismo, el plan es conseguir que vaya a casa de los padres de Garrett después de la cena, y todos vosotros estaréis esperando en el sótano. Todavía estoy trabajando en la lista de asistentes definitiva. Nick ya habrá vuelto a Boston (BUUU) y Alice estará con esa cosa de la sesión de invierno de enero. Pero hasta ahora, somos yo, tú y Abby, Garrett, un montón de chicos del equipo de fútbol y, obviamente, Nora. Y luego tenemos a la prima de Bram, Starr, y su novio (son los que el año pasado llevaron sus uniformes escolares a Netherworld, ¿te acuerdas? Les preguntaste de qué animé estaban haciendo cosplay. ÉPICO). De todos modos, el primo de Bram, SJ, por parte de los Greenfeld, también viene, y estamos esperando a que el novio de SJ confirme. Así que probablemente seremos unas quince personas o algo así.

ASÍ QUE, SÍ, VA A PASAR. Ahora solo tengo que ocultárselo a mi chico favorito durante un mes. Mejor que «G-money» no me descubra (todavía no lo he superado, Leah. ¿Crees que le pide a toda la gente de la universidad que lo llamen así? ¿Crees que les dice que NOSOTROS lo llamamos así?). Además, estoy bastante seguro de que Taylor sabe exactamente quién es G-money y que solo estaba vacilando, como la leyenda que es.

En fin, te veré pronto. ¡Ven a pasar el rato conmigo y Bieber este fin de semana o algo!

**19**

De: bluegreen118@gmail.com
Para: hourtohour.notetonote@gmail.com
Fecha: 31 de diciembre a las 23:52
Asunto: Último correo electrónico del año

Querido Jacques:

Me sostienes la mano mientras escribo esto, lo cual tiene que ser la mayor ventaja de ser zurdo, y también la mejor razón posible para escribir con una sola mano. Y eso es todo. Ese es el correo.

Con amor,
Blue

De: hourtohour.notetonote@gmail.com
Para: bluegreen118@gmail.com
Fecha: 1 de enero a las 00:05
Asunto: Primer correo electrónico del año

Hola, guapo, eres realmente especial. Acabas de escribir todo el puñetero correo con una sola mano, ¿verdad? Y después de *tres copas de champán*. Y ni una coma fuera de sitio. Ni un mísero error en todo tu correo. Excepto la parte en la que dices que darse la mano es la mejor razón para escribir con una sola mano. (La segunda mejor, Bram, ¿no crees? ☺).

Venga, Bram el borracho, vamos a ver los fuegos artificiales (y por ver, me refiero a HACER fuegos artificiales, guiño, guiño, guiño).

**20**

De: leahadestiempo@gmail.com
Para: simonirvinspier@gmail.com
Fecha: 8 de enero a las 9:36
Asunto: Re: ¡¡¡Hola desde macon!!!

¿Así que me estás diciendo que su padre cree que has vuelto a Atlanta, su madre cree que sigues en Savannah, y en realidad estás en una habitación de hotel en Macon? Mmm. ¿¿¿Guau??? Hablando de trucos de primera clase de niños con padres divorciados. ¿Tu novio? Es *diabólicamente* romántico. Simon, ¿estamos seguros de que es un Ravenclaw? Porque eso está sacado del libro de jugadas de Slytherin. Es el rey de las sorpresas, y me veo obligada a declararme fan suya.

Bueno, Spier, espero que haya sido absolutamente perfecto (y no necesito los detalles). No puedo decir que me sorprenda que el hotel os haya puesto camas dobles (Georgia es Georgia). Pero quién sabe, tal vez os echaron un vistazo en recepción y dijeron: no, está claro que estos dos no pueden asimilar la cantidad de espacio personal que proporciona una cama de matrimonio. Pero ¿quién quiere una cama de matrimonio? Eso es como una relación a distancia en forma de muebles.

Pasando a otra cosa. ¡Sí! Volví el domingo, las clases empezaron ayer y las cosas van a todo trapo. Pero para serte sincera, sienta bien volver a la rutina. Como sabes, adoro a mi madre hasta el infinito, y estoy oficialmente a favor de la relación con Wells. Pero si voy a tener que vivir con un puñado de idiotas enamorados, al menos uno de ellos mejor que se llame Abby Suso.

Ahora me subo al autobús, pero mantenme informada de los planes para la fiesta. Vas a tener que llevar hasta la cúspide este juego de sorpresas, Simon Spier, y lo sabes.

Con amor,
Leah


P. D.: No. No les hagas caso. A ninguno. No eran lágrimas. Eran alergias estacionales que resurgieron con fuerza y al azar en Año Nuevo. Esas cosas pasan.

## 21

De: simonirvinspier@gmail.com
Para: the.original.angel.bro@gmail.com,
    abbysuso710@gmail.com,
    leahadestiempo@gmail.com
Fecha: 16 de enero a las 20:14
Asunto: Supersecreto

NUEVO PLAN INTENSIVO DE ACTUACIÓN PARA EL VIERNES, CHICOS. Queda oficialmente descartado el plan de la casa de Garrett en favor de... lo habéis adivinado... ¡¡Operación Noria!!

¡De acuerdo! Aquí está la información:

Las puertas de la feria se abren a las 18:00 (recordad, hay un aparcamiento cerca, en la zona de Nordstrom, lo veréis fácilmente). Así que he pensado que podríais llegar a las 18:30 o así, solo para estar seguros. Pero técnicamente no tenéis que estar en posición hasta las 19:00. Leah, les he dado a Starr y SJ tu número para que se encuentren allí con vosotros. Garrett, tú estás a cargo de ponerte en contacto con los tíos del fútbol. Y las únicas personas a las que esperamos son Nora y Cal (como amigos, para vuestra información, NO han vuelto juntos, y Nora pide específicamente que no lo convirtamos en algo «raro»).

Así que eso significa que hay catorce confirmados (sin contarnos a Bram y a mí). Luke, el operador de la atracción, es el tipo más importante de todo este tinglado, y está preparado, así que sabe que necesitamos siete coches adyacentes. Pero por si acaso, ¿quizás alguien podría repasar el plan con él una vez más cuando lleguéis allí?

Iré disparado para tener a Bram en la cola de las entradas a las 19:00, y espero estar en la noria a las 19:15.

Así que Luke os dejará bajar de la atracción coche por coche y (esto es muy importante) las primeras dos personas tienen que fingir que están SORPRENDIDAS de vernos en la cola. Bram tiene que creer que nos hemos encontrado con vosotros por casualidad. Pero entonces más y más de vosotros bajaréis de la atracción, y es cuando se dará cuenta de lo que pasa (y voy a hacer una premonición, va a poner su monísima y diminuta cara de sorpresa, y NO PUEDO ESPERAR MÁS).

Y luego Bram y yo nos subimos a la atracción, pongo el reproductor en marcha y suena Otis Redding, ¡y despegamos!

¿Os parece bien a todos?

De: the.original.angel.bro@gmail.com,
Para: simonirvinspier@gmail.com,
      abbysuso710@gmail.com,
      leahadestiempo@gmail.com
Fecha: 16 de enero a las 20:31
Asunto: Re: Supersecreto

Spier, tengo que ser sincero, este es el correo electrónico más intenso que he leído nunca, y eso incluye al teórico de la conspiración que tengo por tío y a Greenfeld durante la semana de los finales.

¡Respira hondo, colega!

Enviado desde el iPhone de G-money


De: abbysuso710@gmail.com
Para: the.original.angel.bro@gmail.com,
simonirvinspier@gmail.com, leahadestiempo@gmail.com
Fecha: 16 de enero a las 20:40
Asunto: Re: Supersecreto

¡¡ME ENCANTA!! Se va a volver loco (pero a su modo mono y contenido, no puedo esperar). Simon, eres un genio.

De: leahadestiempo@gmail.com
Para: abbysuso710@gmail.com
Fecha: 16 de enero a las 20:48
Asunto: Re: Supersecreto

Real que no puedo parar de reírme con lo de G-money diciendo que Bram envía correos intensos durante la semana de los exámenes finales. ¿Acaso te ha conocido?


De: abbysuso710@gmail.com
Para: leahadestiempo@gmail.com
Fecha: 16 de enero a las 20:50
Asunto: Re: Supersecreto

PERO QUÉ GRACIOSA ERES

De: leahadestiempo@gmail.com
Para: abbysuso710@gmail.com,
    the.original.angel.bro@gmail.com,
    simonirvinspier@gmail.com
Fecha: 16 de enero a las 20:55
Asunto: Re: Supersecreto


De acuerdo, Simon. Esto puede ser realmente digno de Greenfeld.

Solo por confirmarlo: tenemos pensado hacer que a Nora le resulte raro, ¿verdad?


De: simonirvinspier@gmail.com
Para: leahadestiempo@gmail.com,
    abbysuso710@gmail.com,
    the.original.angel.bro@gmail.com
Fecha: 16 de enero a las 21:06
asunto: re: Supersecreto


*Por supuesto* que vamos a hacer que sea raro para Nora.

De: abbysuso710@gmail.com
Para: simonirvinspier@gmail.com,
    leahadestiempo@gmail.com,
    the.original.angel.bro@gmail.com
Fecha: 16 de enero a las 21:10
Asunto: Re: Supersecreto

Vale, una pregunta, Simon. Sé que tu hombre, Luke, está al tanto y listo para actuar, pero… Simon, ¿estamos 100% seguros de que estará de guardia el viernes? ¿Deberíamos tener un plan de emergencia?

De: simonirvinspier@gmail.com
Para: abbysuso710@gmail.com,
    leahadestiempo@gmail.com,
    the.original.angel.bro@gmail.com
Fecha: 16 de enero a las 21:15
Asunto: Re: Supersecreto

No hay necesidad de un plan de emergencia. ☺ Digamos que Luke se está tomando esto MUY en serio.

De: leahadestiempo@gmail.com
Para: simonirvinspier@gmail.com,
     abbysuso710@ gmail.com,
     the.original.angel.bro@gmail.com
Fecha: 16 de enero a las 21:18
Asunto: Re: Supersecreto

Simon… Por favor, dime que no vamos a hacerle un Martin Addison al operador de la noria.


De: simonirvinspier@gmail.com
Para: leahadestiempo@gmail.com,
     abbysuso710@gmail.com,
     the.original.angel.bro@gmail.com
Fecha: 16 de enero a las 21:21
Asunto: Re: Supersecreto

¡¡¡PERO QUÉ COJONES, LEAH, NO, NO VAMOS A HA-CERLE UN MARTIN ADDISON AL OPERADOR DE LA NO-RIA!!! ¿Has considerado que puede que Luke sea un buen tío al que le gustan los cumpleaños y quiera ayudarme a sorprender a mi novio?

De: leahadestiempo@gmail.com
Para: simonirvinspier@gmail.com,
    abbysuso710@gmail.com,
    the.original.angel.bro@gmail.com
Fecha: 16 de enero a las 21:23
Asunto: Re: Supersecreto

No, a nadie le gustan tanto los cumpleaños.


De: simonirvinspier@gmail.com
Para: leahadestiempo@gmail.com,
    abbysuso710@gmail.com,
    the.original.angel.bro@gmail.com
Fecha: 16 de enero a las 21:26
Asunto: Re: Supersecreto

Por eso le dije a Luke que era una propuesta de matrimo-nio. ☺

De: leahadestiempo@gmail.com
Para: simonirvinspier@gmail.com,
    abbysuso710@gmail.com,
    the.original.angel.bro@gmail.com
Fecha: 16 de enero a las 21:27
Asunto: Re: Supersecreto


SIMON, NO, ¡¡¡¡¡¡¡¡¡¡¡ESTO ES UNA MUY MALA IDEA!!!!!!!!!!!!


De: leahadestiempo@gmail.com
Para: abbysuso710@gmail.com
Fecha: 16 de enero a las 21:28
Asunto: Re: Supersecreto


AY DIOS

De: abbysuso710@gmail.com
Para: leahadestiempo@gmail.com
Fecha: 16 de enero a las 21:30
Asunto: Re: Supersecreto

LO SÉ, LEAH, LO SÉ, Y ESTOY SIN PALABRAS


De: the.original.angel.bro@gmail.com
Para: leahadestiempo@gmail.com,
    simonirvinspier@gmail.com,
    abbysuso710@gmail.com
Fecha: 16 de enero a las 21:31
Asunto: Ro: Supersecreto

NO PUEDE SER. ¿De verdad? ¿Os vais a comprometer?
Joder, Spier, ¡¡¡felicidades!!!
    Enviado desde el iPhone de G-money

De: simonirvinspier@gmail.com
Para: the.original.angel.bro@gmail.com,
    leahadestiempo@gmail.com,
    abbysuso710@gmail.com
Fecha: 16 de enero a las 21:35
Asunto: Re: Supersecreto

Garrett, ¡¡¡no!!! ¡Dios mío, no voy a declararme a Bram el viernes! Ay, madre de Dios, ahora mismo me estoy partiendo de risa. Garrett, tengo diecinueve años, literalmente todavía no como verdura. Me parto, NO voy a proponerle matrimonio. Solo le *he dicho a Luke* que me declararé, así que se tomará el plan en serio.

¡¡Me alegro de haberlo aclarado!! GUAU.

De: abbysuso710@gmail.com
Para: leahadestiempo@gmail.com
Fecha: 16 de enero a las 21:39
Asunto: Re: Supersecreto

Esta conversación es una LOCURA. Estoy preparando palomitas.

De: leahadestiempo@gmail.com
Para: abbysuso710@gmail.com
Fecha: 16 de enero a las 21:41
Asunto: Re: Supersecreto

Dios. Qué maravilloso momento para estar viva.
Bueno, deséame suerte, voy a entrar.

De: leahadestiempo@gmail.com
Para: simonirvinspier@gmail.com
Fecha: 16 de enero a las 21:53
Asunto: Re: Supersecreto

A ver, Simon, tienes que escucharme cuando te digo que ESTO NO ES UNA BUENA IDEA. Dejar que la gente crea que te estás declarando a Bram *no es una buena idea*. ¿Qué crees que pasará cuando tú y Bram os bajéis de la noria? ¿Que tu amigo Luke le va a desear a Bram un feliz cumpleaños? No, va a felicitaros por vuestro compromiso. ¿Y toda la gente de la cola? Van a felicitaros por vuestro compromiso.

Sabes lo que va a pensar Bram, ¿verdad? Va a pensar que te habías subido a esa noria con el plan de pedirle matrimonio.

Así que métete en su cabeza por un segundo. ¿Y si pensaras que Bram está intentando proponerte matrimonio? Digamos que tienes razones para creer que casi te lo pidió pero perdió los nervios en el último segundo.

Te estarías haciendo muchas preguntas, ¿verdad? ¿Es la persona con la que quieres pasar la vida? Toda tu vida, Simon. ¿Quieres tener sexo con él durante setenta años? ¿Quieres cambiar pañales, declarar impuestos y contratar un seguro médico con él? ¿Sientes que puedes tenerlo claro en estos momentos? Y si él es el elegido, Simon, ¿de verdad quieres hacerlo con diecinueve años? Tienes que entender que Bram se va a preguntar todas esas cosas.

Y Simon, digamos que Bram decide que sí, que se apunta. O se volverá loco las veinticuatro horas del día, siete días a la semana, esperando a que se lo preguntes, o dará un vuelco a la situación y lo hará él mismo. ¿Estás listo para que te propongan matrimonio? ¿Sabes cómo responderías?

Lo siento, Si, no estoy intentando asustarte. Pero tengo la sensación de que vosotros dos vais muy en serio el uno con el otro, lo que significa que esto no es solo una situación hipotética. No es algo con lo que haya que jugar. Sé que no es tu intención, por supuesto, pero asegúrate de que lo estás pensando todo bien, ¿vale? Ten cuidado con tu corazón y con el suyo.

Mira, no estoy preocupada por lo de mañana. Puedo explicárselo todo a Luke antes de que llegues y así cortaremos esto de raíz. Pero… quizás Bram y tú deberíais hablar de estas cosas en algún momento. No lo sé, a lo mejor ya lo habéis hecho. Y para que quede claro, no creo que la mayoría de parejas de diecinueve años tengan que sacar a relucir estos temas *a corto plazo*.

Pero creo que a lo mejor vosotros sí.

Simon, ¿por qué no empiezas por hacerte esta pregunta a ti mismo? ¿Cómo se te ocurrió decirle a Luke que era una propuesta de matrimonio? No me digas que fue para que se tomara la sorpresa de cumpleaños en serio, eso ya lo pillo. Pero ¿por qué una *propuesta de matrimonio*?

¿Y cómo te sentiste al decirlo en voz alta?

De: bluegreen118@gmail.com
Para: hourtohour.notetonote@gmail.com
Fecha: 22 de enero a las 13:56
Asunto: Eres tú

Querido Jacques:

Solo piensa en esto: dentro de cuatro meses estaremos otra vez en casa, con todo el verano por delante, y nada de esto parecerá real. Este semestre ni siquiera dejará marca, Simon. Será como una historia que escuchamos hace dos años.

No puedo esperar a olvidar lo que se siente al echarte de menos.

Bueno. Estás oficialmente en un avión, y me queda una hora hasta que yo embarque en el mío. La despedida no me ha afectado todavía. Me siento como si estuvieras en el baño, o comprando chicles para el aliento demasiado caros (chicles que no voy a experimentar de segunda mano) (vale, ahora ya está empezando a afectarme).

¿Sabes lo que odio de los exámenes finales? La forma en que siempre parece que hemos cometido algún error táctico. Como si el tiempo solo pasara porque se lo permitimos. ¿Te puedes creer que estoy aquí, lamentándome por el final de enero, como si fuera elección mía?

No dejo de pensar en lo que Nick dijo en Año Nuevo sobre los puntos de control de los videojuegos. Nuestro pequeño filósofo. Se me había olvidado que a veces las cosas que dice tienen mucho sentido (más aún cuando he bebido champán, por lo que parece). No me acuerdo cuánto tiempo estuviste presente durante esa conversación (creo que fue cuando estabas arriba, haciendo una videollamada con Kellan y Grover). Pero intentaré guiarte y explicarte el contexto.

Pues bien, esto fue a la una o dos de la mañana, y Taylor intentaba implacablemente que empezáramos a cantar todos juntos. Pero todo el mundo actuaba con bastante indiferencia al respecto (excepto Leah, que se desinteresó *rotundamente*), así que Taylor empezó a cantar sola. Y fue uno de esos momentos, Simon. Quieres poner los ojos en blanco, porque es Taylor, pero su voz hizo que todos abandonáramos lo que estábamos haciendo. Era esa canción *More Than Words* (creo que está en tu lista de reproducción de Amtrak, ¿verdad?). En fin, Nick se sumó y empezó a tocarla con su guitarra y a crear una armonía vocal muy tranquila, y creo que todos estábamos un poco hechizados. Y tan pronto como terminó, Leah saltó y corrió al baño. Como es obvio, Abby fue tras ella, y los dos estaban un poco rojas cuando volvieron. Así que Taylor preguntó si estaban bien, y Abby sonrió y dijo: «Ojalá pudiera congelar este momento».

Así que Nick las miró fijamente durante un minuto, y me sentí fatal, Simon. Porque de verdad creía que Nick llevaba bien todo el asunto de Abby y Leah, pero por supuesto empecé a cuestionármelo todo. Me estremecí un poco cuando Nick abrió la boca, porque estaba seguro de que iba a decir algo raro. Pero puso una mirada con la que pareció que estaba muy lejos de allí y empezó a hablar del tiempo y la memoria.

Y fue entonces cuando entraste tú, pero no sé si entendiste lo que estaba diciendo.

Era básicamente esto: cuando decimos que queremos congelar el tiempo, lo que queremos decir es que queremos controlar nuestros recuerdos. Queremos elegir qué momentos guardaremos para siempre. Queremos garantizar que los mejores no se nos escapen de ninguna manera. Así que cuando pasa algo bonito, sentimos un impulso de poner el juego en pausa y guardar el progreso. Queremos asegurarnos de que podemos encontrar el camino de vuelta a ese momento.

Simon, ¿quieres saber el momento que elegiría yo para mi punto de control? El viernes pasado, en lo alto de la noria. Específicamente, la parte en la que me sorprendiste mirando el tiovivo y decidiste destruirme con dos palabras.

¿Podemos quedarnos con ese? ¿Podemos volver a ese instante, por favor?

Con amor,
Blue

De: hourtohour.notetonote@gmail.com
Para: bluegreen118@gmail.com
Fecha: 25 de enero a las 10:41
Asunto: Sé que llego tarde

Querido Blue:

Bueno, aquí está: nuestro segundo aniversario. Me alegro de que lo pasemos a un millón de putos kilómetros de distancia entre nosotros. Igual que pasaremos el día de San Valentín a un millón de putos kilómetros de distancia entre nosotros.

No creía que pudiera hacerse más difícil. Supongo que creía que ya me habría acostumbrado a esto. No, parece que a lo único que me he acostumbrado es a verte todos los días durante las vacaciones de invierno. Y ahora te has ido, y me siento casi decapitado. Como si mi cerebro y mi cuerpo no tuvieran nada que ver el uno con el otro. No dejo de aparecer en clase pero me olvido de haber ido hasta allí. O Kellan dice mi nombre y entonces me entero de que es la décima vez que lo dice.

Bram, me estoy asustando. Siento que ni siquiera soy yo dentro de mi cabeza. No dejo de pensar en el correo que Leah me mandó en vacaciones (al que, por supuesto, nunca respondí, porque soy un gilipollas). Ni siquiera sé qué decir al respecto, B, pero hay diferentes fragmentos de él que siguen afectándome de repente. Lo siento, estoy aquí sentado básicamente retransmitiendo el correo de otra persona. Y siendo un cabeza de chorlito en general. Ya paro. Voy a parar ahora. Voy a pensar en algo feliz. O triste-feliz, supongo.

He estado pensando en lo que elegiría para mi punto de control. (Por cierto, recuerdo perfectamente a Nick hablando de eso y, por si sirve de algo, lo explicó todo mucho más poéticamente. Estoy bastante seguro de que Nick usó la palabra «reaparición»).

De todos modos, lo primero que se me vino a la cabeza fue el carnaval de invierno (el del penúltimo año de instituto). Pero luego pensé, ¿qué pasa con aquella vez en el aparcamiento de Publix? ¿O el baile de bienvenida del último año? ☺ O mi cumpleaños. O Macon. O el viernes pasado. Son muchas cosas. Y Bram, ya sabes cómo se me da elegir.

Pero he llegado a esta conclusión: elijo el ahora. Aquí en mi dormitorio, con mis pantalones de pijama de Golden Retriever, enviándote un correo electrónico desde 190 kilómetros de distancia. Porque me guste o no, mi cerebro de hoy es el único que tiene toda nuestra historia. Es decir, es exactamente la misma razón por la que *Las reliquias de la muerte* es el libro que me llevaría a una isla desierta. Todos los demás libros están ahí mismo, escondidos dentro de él.

Bram, me llevaré todos los recuerdos de mierda en los que no apareces, si eso significa que me quedo con todas las matrioskas.

Feliz aniversario, B.

Con amor,
(Aquí tienes, lo hago solo por ti, idiota).
Jacques

**23**

De: simonirvinspier@gmail.com
Para: leahadestiempo@gmail.com
Fecha: 10 de febrero a las 19:15
Asunto: Re: ¿Todo bien?

¡Hola! Siento haber tardado un segundo en sentarme y responder. Solo quería volver a daros las gracias a ti y a Abby por preguntarme qué tal estoy (¡tu nota de voz era supermona!). Pero en serio, ¡estoy muy bien! Solo estoy volviendo a pillar el ritmo de las cosas. Kellan y Grover han pasado en Annapolis todo el fin de semana antes de San Valentín, ¡así que he tenido la habitación para mí solo! Deberían volver en cualquier momento, asumiendo que no han sido perseguidos por ningún «ente fantasmagórico» de su hostal. (Vale, una pregunta seria: si el ente fantasmagórico se hace el chulo, ¿significa eso que… hace fantasmadas?).

Aparte de eso, las cosas siguen como de costumbre, ¡¡y las clases me tienen muy ocupado pero las llevo bien!! Por desgracia, mi enemigo de Introducción a la Psicología, que no sabe que es mi enemigo, continúa con su reinado de terror y misoginia en Métodos de Investigación y Estadística. Pero la semana pasada, une chique no binarie de voz suave llamade Skyler le dio una paliza en el laboratorio, ¡y fue precioso de ver!

Ay dios mío, Leah, ¡no puedo creer la cantidad de alumnos que hay en tus clases! Ni siquiera puedo hacerme a la idea. ¿Es abrumador ir a clase con tanta gente? A veces me lo pregunto. ¿Terminas por encontrarte mayormente con la misma gente, o es muy grande y extenso? Supongo que, en cierto modo, sería como vivir en una gran ciudad o algo así. No lo sé. Tengo curiosidad. ¿Y es más fácil desde que Abby está allí?

¡¡Por mi parte siento que por fin estoy conociendo a la gente de aquí!! Mi grupo personalizado últimamente ha estado celebrando muchas noches de juegos (les encanta el Tabú, lo cual estaría genial si no resultara que se me da mucho mejor cuando juego con vosotros). ¡Y ahora soy una especie de grupi a capela! En realidad no, solo les he ayudado con su página web, pero ha sido muy guay y he podido asistir a algunos de sus ensayos (es un grupo de chicas llamado «Periféricas», y dos de mis compañeras de planta están en él, y son MUY BUENAS, Leah. Búscalas. ¡Están en YouTube!).

No tengo demasiados planes para el día de San Valentín. Creo que es probable que simplemente cenemos en nuestras habitaciones y hagamos una videollamada. ¿Qué hay de ti (es decir, de qué te ha convencido Abby hasta ahora)?

Quería decirte que me encantó hablar contigo el otro día, ¡y siento otra vez haber estado tan desconectado últimamente! Y dile a Abby que le responderé pronto, lo prometo, pero también puedes compartir este correo con ella, si quieres, ¡para que sepa que estoy bien! ¡¡¡¡Os quiero y os echo mucho de menos!!!!

De: leahadestiempo@gmail.com
Para: abbysuso710@gmail.com
Fecha: 11 de febrero a las 10:04
Asunto: Fwd: Re: ¿Todo bien?

Estoy bastante preocupada, en realidad. Porque es… un correo agresivamente optimista. Y me impresiona que haya conseguido usar una infinidad de signos de exclamación, pero… No me creo ese rollo de «todo va bien por aquí».

No lo sé, a lo mejor estoy exagerando. ¿Nos parece que esto es tan solo el caótico de Simon siendo caótico? ¿O es un Simon caótico y deprimido en medio de una espiral descendente sin precedentes, cuyas profundidades no puede y, por alguna razón, no quiere comunicar completamente? Lo juro por Dios. SIMON, TE SABES CADA PALABRA DE CADA PUÑETERA CANCIÓN DE ELLIOTT SMITH. ¿Cómo es que le resulta tan *difícil* hablar de la tristeza?

Y todavía no ha respondido al otro correo electrónico, por supuesto, pero no es solo eso. Es el hecho de que ni siquiera ha *reconocido* que existe, aparte de darme las gracias por encargarme de las cosas con el operador de la atracción. Pero nada desde entonces, Abby. Ni siquiera lo ha mencionado en un mensaje de texto ni nada. Me está asustando un poco. Suele ser muy abierto conmigo.

Abby, ¿qué hacemos?

De: abbysuso710@gmail.com
Para: leahadestiempo@gmail.com
Fecha: 11 de febrero a las 10:24
Asunto: Re: Fwd: Re: ¿Todo bien?

Espera, que pongo mi falso documento de Word en posición… espera… y…

¡De acuerdo! Así que sí, Simon definitivamente NO desprende la sensación de calma que él cree, pero tampoco sé si estamos en una situación de «espiral descendente sin precedentes». Me meo de la risa. Creo que echa mucho de menos a Bram, y a lo mejor está intentando distraerse y ser positivo. Y supongo que procura evitar que nos preocupemos por él (y sí, probablemente habría quedado mejor con unos veinte signos de exclamación menos, pero Simon es bastante exclamativo en general, ¿no crees?).

Pero entiendo por qué estás preocupada. Y me da la impresión de que no se trata tanto de este correo en particular de Simon el gracioso (Dios, ese juego de palabras con fantasma), sino más bien del correo electrónico al que no ha respondido. Es posible que esté leyendo un poco entre líneas, pero Leah… No te sientes como si hubieras empujado a Simon a una espiral descendente sin precedentes, ¿verdad? No me importa lo que escribieras en ese correo. Si Simon está deprimido o en una espiral o confundido ahora mismo, es por cualquier cosa química o situacional con la que esté lidiando. ¡Quizás ambas cosas! Y sí, creo que es una buena idea seguir echándole un ojo, pero no dejes que esto te persiga, ¿vale? (o «demasiado», ¿qué quiere decir eso, Simon? ¿Hay algún nivel de persecución aceptable? Me va a explotar la cabeza, de verdad, ¿qué vamos a hacer con ese chico?).

Vale, cambiando de marcha un segundo, porque como habrás notado, es 11 de febrero, lo cual significa que tú y yo tenemos que hablar desesperadamente de esa gran V (NO la gran venérea, Burke, no me pongas a prueba). Así que este es el trato, mi cínica novia misántropa: te reto a una única ronda del Bingo de Clichés de San Valentín.

Las reglas son las siguientes:

El 13 de febrero, cada participante trabajará individualmente para crear un (1) cartón de bingo de estructura tradicional, con cinco filas y cinco columnas, para un total de veinticinco casillas. Luego (con la excepción del espacio libre en el centro) las participantes llenarán cada cuadrado con una descripción escrita de un cliché del día de San Valentín. Puede tratarse de un regalo, una tradición, una actividad o una frase (por ejemplo: «una docena de rosas rojas», «cena a la luz de las velas», «sé mi San Valentín», etc.). Los veinticuatro cuadrados deben contener diferentes clichés, y los artículos serán elegidos y organizados a discreción de la participante.

LAS PARTICIPANTES DEBEN ABSTENERSE DE REVELAR SUS CARTONES DE BINGO A LA OTRA DURANTE TODA LA DURACIÓN DEL JUEGO. ESTO ES DE UNA IMPORTANCIA CRÍTICA Y MONUMENTAL.

El 14 de febrero, a partir de las 8:00 a. m., las participantes (sin conocimiento de los veinticuatro artículos listados en la tarjeta de bingo de la otra) participarán en eventos de San Valentín que constituyan clichés durante todo el día. El objetivo de ambas participantes será participar en un cliché que aparezca en la tarjeta de bingo de la *otra* participante.

Si una participante lleva a cabo un cliché que aparece en la tarjeta de la otra participante, la titular de la tarjeta DEBE marcar el artículo como completo. (De modo que, por ejemplo, si en el cuadrado de la participante A pone «una docena de rosas rojas», y la participante L entrega a la participante A, en la vida real, una docena de rosas rojas, la participante A *debe* marcar ese cuadrado en su tarjeta de bingo).

Si cualquiera de las participantes marca cinco cuadrados en una fila, en cualquier orientación (vertical, horizontal o diagonal), significa que la OTRA participante ha hecho bingo. La titular de la tarjeta debe notificar inmediatamente a la otra participante su estado de bingo, terminando así el juego.

Así que este es el trato: si ganas, estaré de acuerdo en colgar precisamente cero publicaciones sobre el día de San Valentín en las redes sociales durante todo el día. Pero, Leah, ¿si gano yo? Publicarás una foto de cada puñetero oso de peluche y bombón de chocolate que te dé.

Entonces, mi Valentín, ¿aceptas estos términos?

(Dios, no puedo esperar a ver cómo la Leah competitiva y la Leah que odia los clichés se pelean en tu preciosa cara).

Besos y abrazos,
Abby

**24**

De: hourtohour.notetonote@gmail.com
Para: bluegreen118@gmail.com
Fecha: 15 de febrero a las 21:13
Asunto: Re: ¿Has visto esto?

¿VERDAD? ES MUY RARO. ¿Crees que la han pirateado? ¿O poseído? No me malinterpretes, es bastante tierno, pero que Leah Burke publique en Instagram su botín del día de San Valentín es el giro argumental del primer año de universidad que no había visto venir.

De todas formas, estoy bien. Es solo que fue un asco celebrar el día de San Valentín por videollamada. ¡Lo cual es ridículo, porque ni siquiera me importa demasiado el día de San Valentín! Estar separados en nuestro aniversario fue definitivamente peor. Pero es un poco un cúmulo de cosas, supongo. Te echo de menos y además te echo de menos y además te echo de menos.

Pero me estoy esforzando mucho. He participado en una pelea de bolas de nieve con los dos Jacobs, y me he colado en todos los ensayos a capela de Rachel y Liza. He estado comiendo con Skyler después de Psiquiatría todos los días. Me estoy viendo todas las putas películas de terror que Kellan pone, y juego a videojuegos violentos con Jocelyn (aunque sigue matándome justo cuando vuelvo a aparecer, es muy despiadada). Supongo que todo parece muy trivial así escrito. Pero de verdad que no sé qué más hacer. Si voy a estar aquí, debería intentar estar aquí, ¿sabes? Tengo que permitir que sea mi vida real.

No lo sé, B. Supongo que estoy intentando descifrar algunas cosas.

Pero Bram, quiero saber a qué te dedicas. Quiero saber si haces muñecos de nieve, contemplas las estrellas, comes dinosaurios a la barbacoa, asistes a extrañas actuaciones artísticas con Ella y Miriam y si te haces amigo de más gurús del maquillaje. Quiero que me cuentes todos los detalles de tus partidos de fútbol para que pueda asentir con la cabeza y fingir que entiendo lo que son las melés y los saques de esquina. Solo sé feliz, ¿de acuerdo? Quiero que me eches de menos, que pienses en mí, que te enamores de mí y que seas feliz.

De: bluegreen118@gmail.com
Para: hourtohour.notetonote@gmail.com
Fecha: 16 de febrero a las 11:10
Asunto: Re: ¿Has visto esto?

Querido Jacques:

Ya sabes que siempre olvido que tus correos tienen la capacidad de dejarme sin aliento.

Es algo que me desconcierta mucho. Son solo símbolos y espacios en blanco y están afectando a mis funciones biológicas básicas. Creo que tu teclado debe de tener algún tipo de conexión directa con mi cerebro.

Esa última frase.

Simon, déjame ser claro: te echo de menos. Pienso en ti. Estoy enamorado de ti. La felicidad es una variable en constante cambio, pero esas son mis constantes.

Creo que haces bien en tener una vida real en la universidad. Eso es lo más saludable, ¿no? Yo también lo intento, aunque no sé si mi vida real es tan emocionante como te imaginas. Hasta ahora no ha habido muñecos de nieve, y no sé si se pueden contemplar las estrellas en Manhattan. ☺ Pero estoy pasando mucho tiempo con Ella y Miriam, y lo que es seguro es que están haciendo que me pique el gusanillo por TODO el tema este raro de la actuación. No sé si diría que me he hecho *amigo* de Alec, pero hemos cenado juntos unas cuantas veces y no deja de ofrecerse para maquillarme. Simon, ¿cómo le digo a un gurú de la belleza con medio millón de seguidores que me gusta el maquillaje tanto como a la Iglesia Pentecostal? Pero apuesto a que te pondrá los ojos de Troye Sivan cuando estés aquí en marzo, si quieres. (Prometo que me pondré mis calcetines de fútbol hasta la rodilla por ti si lo haces). Sabes que todo el mundo aquí se muere de ganas por conocerte, ¿verdad?

Y no sé lo que estás descifrando, Simon, pero si alguna vez necesitas hablarlo, soy todo tuyo. Pero eso ya lo sabes.

Y te echo de menos además de echarte de menos además de echarte de menos también.

Con amor,
Blue

25

De: simonirvinspier@gmail.com
Para: abbysuso710@gmail.com
Fecha: 8 de marzo a las 16:17
Asunto: Re: ¡¡Hola, encanto!!

Abby, soy un DESASTRE. No puedo creer que te responda con un mes de retraso. Ya lo sé. Sé que nos hemos mandado mensajes y hablado por WhatsApp un millón de veces desde entonces, pero uff, me sigue sabiendo fatal. Y me hiciste un montón de preguntas realmente encantadoras que ahora están muy desactualizadas. Pero en caso de que por algún motivo sigas preguntándotelo: ¡el resto de las vacaciones de invierno fueron fenomenal! Bram y yo nos refugiamos en casa de su madre (evasión estratégica del famoso golpe mortificador doble de Jack y Emily Spier). Volví a Filadelfia a salvo el 22 de enero. ☺ Y sí, sé qué clases voy a tener este semestre (es probable que eso sea algo bueno, ya que en estos momentos vamos casi por la mitad del semestre, porque soy un imbécil que tarda un mes en responder a las preguntas básicas, joder).

¡Por cierto, estoy en un tren! ¡¡A Nueva York!! Y me quedaré una semana entera, durante la cual seré un EJEMPLO de independencia y autocontrol mientras Bram conquista los exámenes. Y luego volverá conmigo a Filadelfia. ME SIENTO MUY FELIZ AHORA MISMO, ABBY. Cada vez que alguien me mira, empiezo a sonreír (y para que conste, si alguna vez quieres que un grupo de norteños te dejen *mucho* espacio extra en un tren, esa es la forma de conseguirlo).

Pero vosotras tenéis antes las vacaciones de primavera, como yo, ¿verdad? ¿Cuándo te vas a Washington? ¡Qué emoción que Leah vaya contigo! Será la primera vez que conozca a los gemelos, ¿verdad? ¿Y Xavier? Sé que a Nick le gustó conocerlos (excepto la parte en que tu prima Cassie amenazó con destriparlo si alguna vez te hacía daño. Por lo que parece, fue muy convincente…). Vale, supongo que no necesitas recomendaciones de cosas que hacer, pero Kellan quiere que te diga que hay algunas atracciones muy buenas de Edgar Allan Poe en Baltimore. Así que si estás de humor para aprender cosas sobre Edgar Allan Poe y conducir hasta Baltimore, tienes… esa opción.

¡Estoy llegando a Penn Station! Que vaya muy bien el viaje y, por favor, mandad muchas fotos y saludad a los Obama de mi parte si los veis.


Con amor,
Simon

De: simonirvinspier@gmail.com
Para: the.original.angel.bro@gmail.com,
    abbysuso710@gmail.com,
    leahadestiempo@gmail.com,
    bram.l.greenfeld@gmail.com,
    therealnickeisner@gmail.com,
    temetternich.harvard@gmail.com
Fecha: 11 de marzo a las 8:39
Asunto: Travesuras en la Gran Manzana

Bueno... Iba a haceros un vlog, pero ha habido severas dificultades técnicas (es decir, me he levantado con lo que se podría llamar un grano del tamaño de la Gran Manzana). Pero, no importa, ¡adelante! Voy a cambiar el espectáculo por la cadena de correo electrónico del grupo, y chicos, Spier, el chico de ciudad, está a punto de daros el tour de vuestra vida. ¿ESTÁIS PREPARADOS?

De: leahadestiempo@gmail.com
Para: simonirvinspier@gmail.com,
    the.original.angel.bro@gmail.com,
    abbysuso710@gmail.com,
    bram.l.greenfeld@gmail.com,
    therealnickeisner@gmail.com,
    temetternich.harvard@gmail.com
Fecha: 11 de marzo a las 8:48
Asunto: Re: Travesuras en la Gran Manzana

Bram te ha echado para poder estudiar para los finales, ¿no?


De: simonirvinspier@gmail.com
Para: leahontheoffbeat@ gmail.com,
    the.original.angel.bro@gmail.com,
    abbysuso710@gmail.com,
    bram.l.greenfeld@gmail.com,
    therealnickeisner@gmail.com,
    temetternich.harvard@gmail.com
Fecha: 11 de marzo a las 8:52 ✐
Asunto: Re: Travesuras en la Gran Manzana

Mis motivos para embarcarme en esta aventura son de poca importancia. ¡¡Ay, que el viaje empieza ya!!

La primera parada, como veis, es una iglesia muy grande en el Upper West Side, que de hecho podría ser Hogwarts. Pero me temo que no puedo confirmarlo, ya que no abre hasta las nueve. Ay, os adjunto una foto del exterior y me dirijo al metro, donde el viaje debe continuar.

De: leahadestiempo@gmail.com
Para: simonirvinspier@gmail.com,
    the.original.angel.bro@gmail.com,
    abbysuso710@gmail.com,
    bram.l.greenfeld@gmail.com,
    therealnickeisner@gmail.com,
    temetternich.harvard@gmail.com
Fecha: 11 de marzo a las 8:59
Asunto: Re: Travesuras en la Gran Manzana

Tú… te das cuenta de que has enviado ese correo electrónico a las 8:52, ¿verdad?


De: the.original.angel.bro@gmail.com
Para: leahadestiempo@gmail.com, simonirvinspier@gmail.
    com, abbysuso710@gmail.com, bram.l.greenfeld@gmail.
    com, therealnickeisner@gmail.com, temetternich.
    harvard@gmail.com
Fecha: 11 de marzo a las 9:15
Asunto: Re: Travesuras en la Gran Manzana

Bueno, gente, ¿quién se encarga de contar cuántas veces Spier dice «ay»?

Enviado desde el iPhone de G-money

De: simonirvinspier@gmail.com
Para: the.original.angel.bro@gmail.com,
    leahadestiempo@gmail.com,
    abbysuso710@gmail.com,
    bram.l.greenfeld@gmail.com,
    therealnickeisner@gmail.com,
    temetternich.harvard@gmail.com
Fecha: 11 de marzo a las 9:46 ✐
Asunto: Re: Travesuras en la Gran Manzana

AY. La siguiente parada es el lugar con el olor más delicioso que mi nariz ha experimentado, la famosa panadería Levain. Acabo de hacerme con una galleta de chocolate negro con virutas de chocolate (según mi extensa investigación, es el sabor más deseable). También he comprado una galleta de chocolate oscuro con mantequilla de cacahuete, por razones que tienen que ver con Bram. Ahora fotografiaré la galleta de chocolate oscuro con virutas de chocolate (véase la imagen adjunta) e informaré sobre su sabor en un momento.

Y... Me complace informar de que mi investigación es absolutamente correcta. Amigos, esto es grandeza nivel Oreo.

De: leahadestiempo@gmail.com
Para: simonirvinspier@gmail.com,
    the.original.angel.bro@gmail.com,
    abbysuso710@gmail.com,
    bram.l.greenfeld@gmail.com,
    therealnickeisner@gmail.com,
    temetternich.harvard@gmail.com
Fecha: 11 de marzo a las 10:19
Asunto: Re: Travesuras en la Gran Manzana

Y por «extensa investigación» quieres decir que lo leíste en un libro juvenil, ¿verdad?


De: simonirvinspier@gmail.com
Para: the.original.angel.bro@gmail.com,
    leahadestiempo@gmail.com,
    abbysuso710@gmail.com,
    bram.l.greenfeld@gmail.com,
    therealnickeisner@gmail.com,
    temetternich.harvard@gmail.com
Fecha: 11 de marzo a las 10:22
Asunto: Re: Travesuras en la Gran Manzana

Era un libro juvenil muy gordo.

De: temetternich.harvard@gmail.com
Para: simonirvinspier@gmail.com,
     the.original.angel.bro@gmail.com,
     leahadestiempo@gmail.com,
     abbysuso710@gmail.com,
     bram.l.greenfeld@gmail.com,
     therealnickeisner@gmail.com,
Fecha: 11 de marzo a las 10:28
Asunto: Re: Travesuras en la Gran Manzana

Simon, ¡me encanta que nos vayas informando! La Catedral de San Juan el Divino es preciosa, ¿no? En realidad creo que es una de mis cinco catedrales favoritas, y desde luego es mi favorita de Estados Unidos. Si tienes la oportunidad, deberías ver el Mont-Saint-Michel en Normandía, pero también puedo darte más recomendaciones.

Y esa galleta tiene pinta de estar deliciosa. ☺ Ojalá tuviera todavía el mismo metabolismo que en secundaria.

*Taylor Eline Metternich*
*Universidad de Harvard*
*Encargada del discurso de bienvenida del Instituto Creekwood*

De: leahadestiempo@gmail.com
Para: abbysuso710@gmail.com
Fecha: 11 de marzo a las 10:32
Asunto: Re: Travesuras en la Gran Manzana


Dime que no acaba de mencionar su puto metabolismo…


De: simonirvinspier@gmail.com
Para: temetternich.harvard@gmail.com,
    the.original.angel.bro@gmail.com,
    leahadestiempo@gmail.com,
    abbysuso710@gmail.com,
    bram.l.greenfeld@gmail.com,
    therealnickeisner@gmail.com
Fecha: 11 de marzo a las 11:49 📎
Asunto: Re: Travesuras en la Gran Manzana

Gracias, Taylor, y lo tendré en cuenta si alguna vez busco una catedral que esté en Francia en vez de a seis minutos a pie de la habitación de mi novio.

Aquí (véase la imagen adjunta) tenemos el Lyric Theatre, hogar de *Harry Potter y el legado maldito*, que en esta ocasión lamentablemente solo podré apreciar desde el exterior. Pero ¡ay, seguro que Spier, el chico de ciudad, volverá algún día!

(Nota aparte: ¿puedo decir que me encanta esto? No creo haber explorado Nueva York antes, y con toda sinceridad os digo que es una ciudad de mucha calidad. Cinco estrellas).

De: therealnickeisner@gmail.com
Para: simonirvinspier@gmail.com,
    temetternich.harvard@gmail.com,
    the.original.angel.bro@gmail.com,
    leahadestiempo@gmail.com,
    abbysuso710@gmail.com,
    bram.l.greenfeld@gmail.com
Fecha: 11 de marzo a las 11:56
Asunto: Re: Travesuras en la Gran Manzana

¿Cinco estrellas de Simon Spier? Supongo que será mejor tener ese pequeño pueblo en mi punto de mira.


De: the.original.angel.bro@gmail.com
Para: therealnickeisner@gmail.com,
    leahadestiempo@gmail.com,
    simonirvinspier@gmail.com,
    abbysuso710@gmail.com,
    bram.l.greenfeld@gmail.com,
    temetternich.harvard@gmail.com
Fecha: 11 de marzo a las 13:51
Asunto: Re: Travesuras en la Gran Manzana

¿Nos vas a dejar colgados ahora, Spier, chico de ciudad? ¿Cuál es nuestra próxima parada del recorrido?

Enviado desde el iPhone de G-money

De: simonirvinspier@gmail.com
Para: the.original.angel.bro@gmail.com,
    temetternich.harvard@gmail.com,
    leahadestiempo@gmail.com,
    abbysuso710@gmail.com,
    bram.l.greenfeld@gmail.com,
    therealnickeisner@gmail.com
Fecha: 11 de marzo a las 14:05 🖉
Asunto: Re: Travesuras en la Gran Manzana

Ups… Solo estoy paseando por Greenwich Village. ¡Mirad, es el Washington Square Park!


De: leahontheoffbeat@ gmail.com
Para: abbysuso710@gmail.com
Fecha: 11 de marzo a las 14:07
Asunto: Re: Travesuras en la Gran Manzana

Washington Square Park. Interesante…

De: abbysuso710@gmail.com
Para: leahadestiempo@gmail.com
Fecha: 11 de marzo a las 14:09
Asunto: Re: Travesuras en la Gran Manzana

Estoy de acuerdo.

También es interesante el hecho de que nos mandemos correos electrónicos cuando estamos literalmente sentadas una junto a la otra en un columpio del porche. ¿Deberíamos encontrar otra forma de tener las manos ocupadas?

**27**

De: hourtohour.notetonote@gmail.com
Para: bluegreen118@gmail.com
Fecha: 24 de marzo a las 18:12
Asunto: Uff

Acabo de volver a mi habitación, y supongo que tú ya estás en algún lugar de Nueva Jersey. ¿Cómo iba esto? Ah, sí. Esta es la parte en la que miro fijamente la pantalla de mi portátil intentando conjurar una pizca de positividad. Así que… ha estado muy bien. Hemos estado dieciséis días juntos y, como es obvio, eso es bastante extraordinario. Mmm…

No sé, Bram. Estoy muy harto de lo mal que me siento siempre al perderte. ¿Recuérdame otra vez por qué nos estamos haciendo esto a nosotros mismos? Mi habitación resulta muy tranquila sin ti, lo cual me desconcierta. Nadie se queja por el ruido, Bram Greenfeld. Tal vez no esté más tranquila, tal vez solo parece tranquila en mi cabeza. Quiero que Kellan vuelva y me moleste. Le envié un mensaje para decirle que la habitación estaba despejada en cuanto salimos para la estación de tren, pero supongo que sigue en la habitación de Grover. ¿Por qué narices no iba a estar allí? Si tú vivieras en mi edificio, creo que no saldría nunca.

Esto me tiene agotado. ¿A ti te parece que está funcio-
nando?


De: bluegreen118@gmail.com
Para: hourtohour.notetonote@gmail.com
Fecha: 24 de marzo a las 18:15
Asunto: Re: Uff

   No. No funciona.

28

De: simonirvinspier@gmail.com
Para: leahadestiempo@gmail.com
Fecha: 31 de marzo a las 21:14
Asunto: Re: Supersecreto

Leah:

Sé que este correo llega con un retraso de tres meses. Más de tres meses. Ni siquiera tengo una buena excusa que darte. Simplemente lo dejé pasar. Y supongo que lo dejé pasar a propósito. Pero tu sinceridad fue un gran regalo, y me lo quedé y nunca te devolví ningún tipo de sinceridad. Lo siento mucho. Y te agradezco mucho tus preguntas.

Voy a intentar contestar a cada una de ellas, ¿de acuerdo?

Quiero acostarme con Bram durante setenta años. Quiero cambiar pañales. Ni siquiera quiero pensar en impuestos o seguro médico, pero si tengo que hacerlo, Leah, entonces sí. Quiero eso con Bram. Él es, absolutamente, la persona con la que quiero pasar mi vida.

Y esto lo sé desde ya.

Aunque no creo que quiera que *suceda* ahora mismo.

Pero no es que *no* quiera que pase. ¿Y si me lo pidiera mañana? Diría que sí. No dudaría ni un segundo. Vale, quizás *mañana* vacilaría (mi diosa interior ya no confía en NADIE el día de los Inocentes. No).

Leah, no tengo ni idea de por qué le dije a Luke que era una propuesta de matrimonio. Y no recuerdo qué sentí al decirlo. Decirlo en voz alta no fue como una revelación para mí. Ya lo sentía en voz alta. Siempre lo he sentido en voz alta.

Espero que lo que estoy diciendo tenga sentido (probablemente no). Pero solo quiero que sepas cuánto me ayudó tu correo a hacer una cosa que necesito hacer (algo aterrador y emocionante y extremadamente inevitable).

Eres una puta joya, Leah Burke, ¿lo sabías?

Con amor,
Simon

De: hourtohour.notetonote@gmail.com
Para: bluegreen118@gmail.com
Fecha: 31 de marzo a las 23:17
Asunto: Debes de gustarme mucho

Querido Blue:

Tengo que decirte algo. Y estoy muy nervioso, así que voy a hacerlo por correo. No quiero ponerte en un aprieto u olvidarme de decir cosas, y de verdad que no quiero hacer que las cosas sean raras. Lo cual es probablemente una causa perdida, pero lo intentaré. COMIENZO: OPERACIÓN SIMON SPIER NO SEAS RARO. (Bueno. Ya veo que va bien).

He hecho algo. Y supongo que llevo trabajando en ello un par de meses. Pero me he sentido muy inseguro sobre si es lo correcto, o si TÚ crees que es lo correcto. Y puede que al final ni siquiera funcione. Ya no está en mis manos.

Bram, he solicitado un traslado para el año que viene. A la Universidad de Nueva York. Siento mucho no habértelo dicho antes. Pero no estaba seguro de que fuera a seguir adelante con ello. Y B, no quería que te sintieras mal o culpable, o como si tú tuvieras que intentar hacer un traslado a la mía. Así que sí. Simplemente quería hacerlo y contárselo al universo, y ya veremos qué pasa. Parece que lo averiguaré en mayo.

Pero, vale, lo primero que deberías saber es esto: si entro, tomaremos esta decisión juntos. No quiero agobiarte (sé que es Nueva York, pero ya sabes lo que quiero decir). Sé que sería un gran cambio para nosotros, y tal vez sea demasiado. No lo sé. Solo digo que todavía no hay nada escrito en piedra.

Y también quiero que sepas que no veo esto como un sacrificio. Porque no estaría renunciando a nada. El único año que está parcialmente escrito es este. Todo lo demás está abierto de par en par. Es de lo más extraño, B, porque ahora ni siquiera sé dónde me graduaré. Pero este es mi primer año, ¿sabes? Y creo que se suponía que debía estar aquí. Mi pequeña universidad para frikis de Filadelfia con mi compañero de cuarto raro que, Dios nos ayude, probablemente esté en nuestra boda algún día. Bram, no te creerías cuánto me enamoré de este sitio en cuanto supe que quería marcharme. Sé que suena completamente absurdo, pero todo me parece precioso ahora mismo. Como si no fuera un lugar que nos mantiene separados. Es solo un lugar. Y es un lugar que puedo mantener, sin importar lo demás. Ahora forma parte de la matrioska.

Y tal vez la Universidad de Nueva York también lo esté. Fue muy divertido volver allí. Me hice un montón de selfis delante del arco, solo para intentar ver cómo sería el Simon de la NYU (se parece mucho al Simon normal pero con un grano gigante, por si te lo preguntabas). Es muy diferente de Haverford. Es diferente en todos los sentidos, hasta el punto de que no puedo imaginarme cómo me sentiría al vivir allí. A lo mejor solo me pasaría tres años echando de menos Haverford.

Pero al menos no tendría que echarte de menos a ti.

Así que ahora ya lo sabes. Y, Bram, no tienes que responder de inmediato. Solo piénsalo, a ver qué te parece la idea, y cuando estés listo, podemos hablar de ello. Y te prometo, B, que puedes decírmelo si te sientes raro al respecto. Podemos fingir que ni siquiera he presentado la solicitud. No tenemos que volver a mencionarlo nunca más, ¿vale? Sé cómo estar enamorado de ti desde Filadelfia. Es fácil. Podría hacerlo mientras duermo.

Con amor,
Jacques


De: bluegreen118@gmail.com
Para: hourtohour.notetonote@gmail.com
Fecha: 31 de marzo a las 23:20
Asunto: Re: Debes de gustarme mucho

Estoy presionando pausa. Estoy guardando el juego. Te estoy llamando.

Con amor,
Bram

# AGRADECIMIENTOS

He pasado cinco años jurando que nunca escribiría esta historia, y aquí estamos. Lo único que puedo decir es esto: tal vez sea algo bueno, la forma en que nunca dejamos de sorprendernos a nosotros mismos.

Este proyecto ha sido puro caos y alegría, y les estoy muy agradecida a los imprescindibles que se zambulleron conmigo de cabeza:

A Donna Bray, Holly Root, Mary Pender-Coplan, Anthea Townsend, Ebony LaDelle, Sabrina Abballe, Jacquelynn Burke, Tiara Kittrell, Shona McCarthy, Mark Rifkin, Alison Donalty, Jenna Stempel-Lobell, Chris Bilheimer, y mis equipos en Balzer + Bray/HarperCollins, Root Literary, UTA y Penguin UK. Estoy muy impresionada. Habéis hecho que las publicaciones milagrosas sean reales.

A Isaac Klausner, de Temple Hill, y a todos los involucrados en *Con amor, Simon* y *Con amor, Victor*, especialmente Isaac Aptaker y Elizabeth Berger, que cambiaron el curso de la vida de Simon en un solo correo electrónico.

A Caroline Goldstein y Emily Townsend, por su sabiduría.

A Aisha Saeed y Olivia Horrox, que me vieron contemplar fijamente mi documento de Word en muchos trenes y aviones.

A Adam Silvera, Nic Stone, Angie Thomas y Mackenzi Lee, que me prestaron sus universos.

A Jasmine Warga, David Arnold, Dahlia Adler, Jenn Dugan, Matthew Eppard, Katy-Lynn Cook, y todos los demás que mantuvieron mi pánico a raya durante el doble golpe que supusieron la fecha de entrega y la escolarización en casa.

A Jaime Hensel, Sarah Beth Brown y Amy Austin, que demostraron que los chicos de Creekwood nunca pierden el contacto.

A mi familia, especialmente Brian, Owen y Henry (es gracioso cómo las cartas de amor se escriben solas cuando se trata de vosotros).

Al proyecto Trevor, por dar a mis lectores una orilla hasta la que vale la pena nadar.

Y a los lectores que, después de cinco años de noes, aun así se presentaron cuando dije que sí.

# ¡No te pierdas los otros libros de Becky Albertalli!

LEA EL PRIMER CAPÍTULO
DEL LIBRO
SÍ, NO, TAL VEZ

# CAPÍTULO UNO

## *Jamie*

—Las naranjas no tienen pezones —dice Sophie.

Me detengo con nuestro carrito de la compra junto a la pirámide de frutas, ignorándola deliberadamente. Se podría decir que hay una parte de mí que no quiere hablar de pezones con mi hermana de doce años en la sección de productos frescos de Target. Y esa parte de mí... Soy yo entero.

—Son tangelos —añade—. Los *tangelos* tienen...

—Me alegro por ellos. —Arranco una bolsa de plástico del rollo—. Escucha. Cuanto antes lo tengamos todo, antes podremos irnos.

Lo cual no es una crítica a Target. Ni hablar. Esta tienda es lo mejor. Es como un país de las maravillas personal. Pero es difícil captar esa sensación de «podría suceder cualquier cosa» en este gran almacén, que tiene una gran variedad de productos, cuando estoy haciendo recados para mi primo. Gabe es el asistente del jefe de campaña en unas elecciones especiales de nuestro distrito, y parece ser que nunca se queda sin encargos para Sophie y para mí. Esta mañana nos ha enviado un mensaje con una lista de tentempiés para sus voluntarios: naranjas, uvas, chocolate, bagels de pizza, barritas

1

de cereales Nutri-Grain y botellas de agua. MANZANAS
NO. PRETZELS NO. Todo en mayúsculas, típico de Gabe.
Al parecer, no es buena idea dar comida crujiente a los que
hacen campaña por teléfono.

—Sigo pensando que parecen unos pezones —murmura
Sophie mientras intento alcanzar unos tangelos cerca de la
parte superior de la pirámide. Me gustan los que son tan brillantes que parecen retocados, como si alguien les hubiera au-
mentado la saturación del color. Cojo algunos más, porque
Gabe espera recibir al menos diez voluntarios esta noche.

»¿Por qué quiere que compremos naranjas? —pregunta
Sophie—. Es decir, ¿por qué escoger la fruta con la que es más
fácil ensuciarse?

—Para prevenir el escorbuto —empiezo a decir, pero dos
chicas entran por las puertas automáticas y pierdo completamente el hilo de mis pensamientos.

Mira, no soy el tipo de chico que deja de funcionar cuando ve pasar a una chica guapa. De verdad que no lo soy. Aunque, en primer lugar, eso implicaría que yo fuera una persona
funcional. Además, el problema no es que sean guapas.

Quiero decir, son realmente guapas. Más o menos de mi
edad, vestidas con sudaderas y tejanos, el atuendo perfecto
para combatir el aire acondicionado que abunda en los inte-
riores en Georgia durante el verano. La más baja —blanca,
con gafas de montura cuadrada y rizos color café en espiral— hace un gesto enfático con las manos cuando se acercan a los carritos. Pero es su amiga la que me llama la atención. Es sudasiática, creo, con grandes ojos color café y
cabello oscuro y ondulado. Ella asiente y sonríe por algo que
dice su amiga.

Percibo algo muy familiar en ella. Lo juro, nos conocemos
de antes.

De pronto, alza la vista, como si pudiera notar que la estoy observando.

Y mi cerebro se detiene.

Sip. Sip. Bueno. Definitivamente me está mirando.

Mi amigo Drew sabría qué hacer en este momento. Establecería contacto visual con la chica bonita. Una chica que estoy segurísimo de conocer de algún lado, por lo que tendríamos tema de conversación asegurado. Y estamos en Target, la definición de mi zona de confort. Si es que existe tal cosa cuando hay chicas guapas de por medio.

«Tío, habla con ella. Por Dios, no te lo pienses tanto». Me pregunto cuántas veces me lo habrá dicho Drew. «Establece contacto visual. Mantén la cabeza en alto. Sonríe. Acércate».

—Tierra llamando a Jamie. —Sophie me da un pequeño empujón—. Quiero saber a qué chica estás mirando.

Me giro rápidamente hacia el expositor de tangelos con las mejillas ardiendo, mientras cojo uno de la parte de abajo.

Y todo se viene abajo.

Primero tiembla la pirámide, seguido por el *paf paf paf* de las naranjas que caen al suelo. Me vuelvo hacia Sophie, que se tapa la boca con las dos manos y me devuelve la mirada. *Todos* me están mirando. Una madre que empuja un cochecito con su bebé. El encargado de la panadería. Un niño que se detiene a media rabieta cerca del estante de las galletas.

Por supuesto, las dos chicas lo han presenciado todo a primera fila. Ahora están inmóviles junto a su carrito, con la misma expresión de desconcierto en sus rostros.

*Paf paf paf.* Otra vez. Sin pausa.

Y.

*Paf.*

Cae el último tangelo.

—Yo… soy…

—Un payaso —finaliza Sophie.

—Bueno. Sí. Puedo arreglarlo. —Me pongo en cuclillas allí mismo y empiezo a pasarle tangelos a Sophie—. Tómalos.

Meto unos cuantos más en el hueco que se forma en mi brazo al doblarse e intento ponerme de pie, pero se me caen varios antes de conseguir incorporarme.

—Mierda. —Me agacho para agarrarlos, lo cual provoca que se me caigan unos cuantos más y se alejen rodando hacia la exhibición de manzanas. Uno pensaría que eso no iba a ocurrir con los tangelos. ¿Los pezones no deberían evitar que rodasen? Avanzo de rodillas hacia el expositor de manzanas, esperando que ningún tangelo haya rodado hasta muy adentro cuando de repente alguien se aclara la garganta con fuerza.

—Bueno, amigo, será mejor que te mantengas alejado de las manzanas.

Levanto la mirada y veo a un chico pulcro, con un polo rojo y una etiqueta de Target con su nombre. «Kevin».

Me levanto de inmediato y termino aplastando un tangelo con el pie.

—¡Perdón! Lo siento.

—Ey —dice Sophie—. Jamie, mírame. —Me está apuntando con su teléfono móvil.

—¿Me estás filmando?

—Solo es un pequeño Boomerang —responde. Se gira hacia Kevin, el empleado—. Este es mi hermano, Torpe von Tontowitz.

—Te ayudaré a limpiarlo todo —ofrezco con rapidez.

—Nah, no te preocupes. Yo me encargo —asegura Kevin.

Sophie echa un vistazo a su teléfono.

—¿Cómo puedo enviárselo a BuzzFeed?

Por el rabillo del ojo, noto un leve movimiento: las chicas con sudaderas desviándose rápidamente por un pasillo lateral.

4

Alejándose de mí, supongo.

No las culpo en absoluto.

∽≈·e·ℓ℘∼

Veinte minutos más tarde, Sophie y yo aparcamos en la subsede de la oficina de campaña de Jordan Rossum —candidato a senador estatal—, técnicamente ubicada en el anexo de Fawkes and Horntail, una librería *new-age* en Roswell Road. No es exactamente el edificio del Capitolio del estado de Georgia ni tampoco el Coverdell Building que está al otro lado de la calle, donde mi madre trabaja para Jim Mathews, el senador estatal del Distrito 33. Todo el complejo del Capitolio estatal parece arrancado de Washington D. C., con sus columnas, balcones y grandes ventanas arqueadas. Tienen equipos de seguridad en las entradas, como en un aeropuerto, y, en cuanto entras, el lugar está repleto de pesadas puertas de madera, personas con traje y grupos inquietos de niños de excursión.

Y esos baños brillantes y relucientes del Coverdell Building.

Lo sé absolutamente todo sobre esos baños.

No hay trajes ni equipos de seguridad en Fawkes and Horntail. Voy directo a la puerta de acceso lateral, cargado con dos docenas de botellas de agua, mientras Sophie se arrastra detrás de mí, haciendo equilibro con las bolsas de tentempiés. Pasamos tanto tiempo aquí que ni siquiera nos molestamos en llamar a la puerta.

—Ey, bagels —nos saluda Hannah, la asistente del coordinador de campo. Se refiere a nosotros, no al tentempié. En Atlanta, hay una cadena de negocios especializada en bagels llamada Goldberg's y, como nos llamamos Jamie y Sophie

Goldberg, la gente a veces... sí. Pero Hannah es genial, así que no me importa. Cuando retomen las clases en la universidad Spelman, empezará su penúltimo año, pero este verano ha estado viviendo con su madre en los suburbios solo para estar cerca de la oficina de campaña.

Hannah levanta la vista de su escritorio con montones de folletos de campaña; los que Gabe quiere que se entreguen mientras los voluntarios recorren el distrito.

—¿Esto es para los que participarán en la campaña telefónica de esta noche? Sois el mejor equipo de tentempiés del mundo.

—En gran parte, ha sido gracias a mí —dice Sophie mientras le entrega las bolsas de tentempiés—. Digamos que soy la capitana del equipo.

Hannah, que se está llevando la compra al otro lado de la habitación, mira por encima de su hombro y se ríe.

—Excepto que yo soy quien ha conducido —murmuro con irritación—. Quien ha empujado el carrito, quien ha llevado toda el agua...

—Pero ha sido idea mía. —Sophie me golpea con el codo y me dedica una sonrisa radiante.

—Mamá literalmente nos ha obligado a hacerlo.

—Vale, bueno, pues yo soy la que *no* ha hecho caer la pirámide de fruta de la tienda.

Hannah vuelve y se acomoda en su escritorio.

—Ey, vendréis mañana por la noche, ¿verdad?

—Uh, créeme —dice Sophie—. Estaremos allí.

Hoy en día, nuestra madre nunca nos deja saltarnos los eventos de campaña de Rossum. Qué suerte la nuestra. Son todos iguales: personas deambulando con vasos de plástico y estableciendo contacto visual con demasiada confianza. Yo olvidándome de los nombres de los demás en el momento en que los escucho. Y luego, cuando llega Rossum, todos hacen un gran esfuerzo para llamar su atención. Se ríen más fuerte, se inclinan hacia él y se acercan para pedirle selfies. Rossum siempre parece un poco sorprendido por todo eso. Pero no lo digo en el mal sentido. Es como si pensara: «¿Quién, yo?». Es la primera vez que se postula para un cargo, así que supongo que no estará acostumbrado a recibir tanta atención.

Pero la cosa es que Rossum tiene un increíble don de gentes. Es decir, su plataforma también es excelente: es súper progresista y siempre habla de subir el salario mínimo. Pero gran parte de su magia es su manera de hablar. Puede ponerte la piel de gallina, hacerte reír o hacerte sentir útil y lleno de determinación. Siempre me hace pensar en las personas que han sabido sacudir al mundo con sus palabras. Patrick Henry, Sojourner Truth, John F. Kennedy, Martin Luther King. Sé que Rossum es solo un tipo que se ha postulado para senador estatal, pero te hace sentir parte de algo más grande. Hace que esta carrera electoral parezca un *momento*, un punto completamente nuevo en la línea temporal de Georgia. Te hace sentir como si estuvieras viendo un cambio en la historia.

No puedo ni imaginarme ser capaz de hacer algo así.

El evento de mañana es una cena centrada en el diálogo interreligioso en una mezquita local, lo que significa que nuestra madre está especialmente emocionada. No somos los judíos más practicantes del mundo, pero a ella le encantan este tipo de encuentros religiosos que hacen crecer la comunidad.

—Será divertido —comenta Hannah mientras abre su portátil. Pero luego se detiene en seco para mirarnos—. Ay, es verdad, necesitáis que os devolvamos el importe de los tentempiés, ¿no? Gabe está en la sala VIP. Voy a buscarlo.

¿La sala VIP? Un cuarto de suministros.

Hannah aparece momentos después seguida por Gabe, que lleva una impecable camisa azul con una foto del rostro de Jordan Rossum pegada en el pecho. La gente a veces dice que Sophie y yo nos parecemos a Gabe, ya que es alto y tiene el cabello castaño y los ojos verde avellana. Pero tiene los labios más gruesos, las cejas más arqueadas y una especie de barba incipiente que siempre se está arreglando. Y tiene veintitrés años, solo es seis años mayor que yo. Así que realmente no veo ninguna similitud.

Gabe junta las manos y sonríe.

—Me estaba preguntando cuándo volvería a ver vuestras caras por aquí.

—Estuvimos aquí el lunes —dice Sophie.

—Y el domingo —añado.

Ni siquiera se inmuta.

—Te has perdido la oportunidad de sumarte a las campañas puerta a puerta. Deberías apuntarte en alguna franja horaria y unirte a la acción. O tal vez podrías venir esta noche y colaborar con las llamadas telefónicas. Será una pasada. —Alza la voz cuando lo dice y levanta las manos como si estuviera a punto de montar una fiesta. Echo un vistazo a Sophie, que parece estar ahogándose en su propia risa.

»Entonces, ¿te apuntas? —pregunta Gabe—. Rossum te necesita.

Esta vez, miro hacia abajo. Quiero ayudar a Gabe, pero no sirvo para hacer campaña por teléfono. ¿Poner cartas en sobres? Por supuesto. ¿Escribir postales? Aun mejor. Incluso he enviado lo que Gabe denomina mensajes de texto «entre pares», aunque cualquiera que tenga la edad suficiente para votar no es, por definición, mi par.

Por supuesto, lo que más me perturba es hacer campaña en persona. No soy precisamente el mejor hablando con desconocidos. Y no me refiero solo a las chicas guapas que no conozco. Me refiero a todo el mundo. Me pongo muy nervioso y siento que estoy encerrado dentro de mi cabeza. Por eso, mis pensamientos nunca logran viajar con facilidad desde mi cerebro hasta mi boca. No soy como Sophie, que puede entrar en cualquier habitación, hacerse amiga de todo el mundo y unirse a cualquier conversación. Ni siquiera tiene que intentarlo. Básicamente, no es una persona insegura. Es más, una vez se tiró un pedo en el autobús escolar cuando estaba en quinto curso. Después de eso, se mostró totalmente risueña. Ni siquiera se le pasó por la cabeza sentir vergüenza. Si hubiera sido yo, me habría marchitado en el acto.

Tal vez algunas personas están destinadas a decir siempre lo que no deben. O a no decir *nada*, porque la mitad de las veces tartamudeo, me sonrojo y apenas puedo formar palabras. Pero bueno, es mejor que la alternativa… que, como ahora sé, implica flema, un poco de vómito y los zapatos Oxford negros del senador estatal Mathews.

Digamos que no soy el maestro de la persuasión que uno quisiera tener al frente de su campaña política. No soy alguien que vaya a cambiar la historia.

—No lo sé. —Sacudo la cabeza—. Es solo que…

—Es súper fácil —dice Gabe, dándome palmadas en el hombro—. Solo sigue el guion. ¿Qué te parece si te pongo a hacer llamadas esta noche y luego te asignamos una franja horaria para hacer campaña por el distrito?

—Eh…

—Tenemos clase —interrumpe Sophie—. Ya sabes, instituto hebreo.

—Genial. Super J, no sabía que todavía estabas estudiando hebreo.

—No, yo…

Mi hermana me fulmina con la mirada y frunce los labios; es la cara patentada de Sophie Goldberg que claramente dice: «Cierra la maldita boca, Jamie».

—Así es, Jamie está estudiando hebreo —dice en voz alta—. Porque necesita un repaso para que yo pueda recitarle mi parte de la haftará.

Asiento muy rápido.

—Haftará. Sip, eso.

—Caramba —dice Gabe—. Eso es ser un buen hermano.

—Lo es. Y yo soy una buena hermana —responde Sophie, golpeándome el brazo—. Una muy buena hermana. Demasiado buena.

La miro de soslayo.

—Tienes tus momentos —digo.

✦✦✦

Pese a todo, el karma siempre llega. Vaya. Puede que Sophie haya mentido sobre el instituto hebreo esta noche, pero desde el momento en el que entramos por la puerta de la cocina, es evidente: nuestra casa es el mismísimo infierno por culpa de todos los preparativos del bat mitzvá. Mi madre y mi abuela están apiñadas en la mesa de la cocina frente al portátil de mi madre, aunque esa no es la parte extraña. Mi abuela siempre está aquí. Se vino a vivir con nosotros cuando yo tenía nueve años, justo después de la muerte de mi abuelo. Y lo de estar apiñadas sobre el portátil tampoco es extraño, ya que mi madre y mi abuela son grandes fanáticas de la tecnología. Mi madre a veces hace análisis de campaña para el senador Mathews, y obviamente la abuela es nuestra reina de las redes sociales.

Pero el hecho de que mi madre esté trabajando desde casa en una bata de baño a las cuatro de la tarde es preocupante, al igual que la forma en la que Boomer, el mastín de mi abuela, camina nerviosamente alrededor de la mesa. Sin mencionar el hecho de que la mesa en sí parece un apocalipsis de papeles, repleta de modelos de centros de mesa, hojas de cálculo impresas, *washi tapes*, carpetas y sobres pequeños. Diría que hay un cero por ciento de probabilidades de que logre salir de la cocina esta noche sin una pila de tarjetas con los nombres de los comensales para doblar.

Sophie hace su aparición.

—¡Tengo más confirmaciones de asistencia!

—Soph, deja que tu abuela encuentre la hoja de cálculo primero —dice mi madre mientras agarra una carpeta grande—. Además, necesito que veas este plano para que podamos pensar en la disposición de las cosas. Estaremos principalmente en el salón de baile, con la pista de baile allí, las mesas aquí, y tenemos dos opciones para el buffet. Una, podemos ponerlo a un lado, cerca de…

—Tessa Andrews acepta con mucho gusto. —Sophie golpea una tarjeta contra la mesa con felicidad—. ¡Chúpate esa!

—Sophie, habla bien —advierte mi madre.

Sophie inclina la cabeza.

—No creo que decir *chúpate esa* sea hablar mal.

—Siempre se empieza por algo —digo mientras me acomodo al lado de mi madre. Boomer apoya su hocico en mi regazo, inclinándose para que le rasque la cabeza.

—Listo, ya he encontrado la hoja de cálculo —dice mi abuela.

—Sophie, ¿me estás escuchando? —pregunta mi madre—. Entonces, la otra opción para el buffet es ponerlo en esta sala extra que está en la parte de atrás. Pero ¿no será raro tener la comida tan cerca de los baños?

Me encojo de hombros.

—Por lo menos sería práctico.

—¡Jamie! No seas asqueroso —dice Sophie.

—Ay, Dios, ¡para lavarse las manos!

Mi madre se frota las sienes.

—Me gustaría que aprovecháramos el espacio, ya que lo pagaremos de todos modos, pero…

—Ey —dice Sophie con muchos ánimos—. ¿Qué te parece una habitación solo para adolescentes? —Mi madre entrecierra los ojos, pero Sophie levanta un dedo—. Escúchame. Está de moda. Por un lado tienes a los adultos, a tus amigos y a la familia… todos disfrutan de una gran fiesta en el salón de baile, ¿vale? Y luego nosotros tenemos nuestra propia fiesta en la otra habitación. Es mucho más pequeña, pero sería guay. Nada sofisticado.

—Eso es ridículo —responde mi madre—. ¿Por qué no querrías estar con tu familia?

—Solo me preocupa que parte de la música sea demasiado para las personas mayores, ¿sabes? De esta manera, vosotros podréis escuchar *Shout* o lo que sea aquí. —Señala el centro del salón de baile en el plano—. Y luego *nosotros* podemos escuchar a Travis Scott… y todos felices.

—Travis Scott. ¿Ese no es el padre de Stormi? —indaga mi abuela.

—No vamos a dar dos fiestas por separado —sentencia mi madre.

—Entonces, ¿para qué me has pedido opinión? —pregunta Sophie—. ¿Por qué estoy aquí?

—¿Por qué *yo* estoy aquí? —murmuro a Boomer, que me mira con solemnidad.

O sea, seamos realistas. Mi madre ni siquiera quiso mi opinión cuando organizamos mi propio bar mitzvá. Ni siquiera pude elegir el tema. Quería que fuera sobre líneas temporales históricas, pero ella me obligó a hacer «La vuelta al mundo», con pasaportes de chocolate de recuerdo para los invitados.

Supongo que todo salió estupendamente, aunque lo digo de modo irónico, ya que solo he visitado un solo país aparte de este. Mi padre ha estado viviendo durante años como expatriado en Utrecht, así que Sophie y yo solemos ir a los Países Bajos cada verano para visitarlo. Más allá de eso, no hablamos mucho con él. Es difícil de explicar, pero cuando está físicamente presente, está *presente*. Esas semanas que estamos con él deja de trabajar y todo. Pero prácticamente no nos llama ni nos envía mensajes cuando estamos en la distancia. Apenas usa el e-mail. Y solo ha vuelto a los Estados Unidos unas pocas veces desde el divorcio. Dudo que venga al bat mitzvá de Sophie, sobre todo sabiendo que lo han programado tan cerca de nuestro viaje de verano. Se saltó el mío, aunque me envió una caja de felicitaciones con unos auténticos *stroopwafels* holandeses. No tuve el valor de decirle que venden la misma marca en los supermercados Kroger.

—… el brindis de Jamie —finaliza mi madre.

Me incorporo de golpe y Boomer se sobresalta en el proceso.

—¿Mi qué?

—Te encargarás del brindis durante la recepción, antes de la jalá. Y también del *hamotzi*, por supuesto.

—No, no lo haré. —El estómago me da un vuelco.

—Vamos, será bueno para ti. —Me pasa una mano por el pelo y me lo despeina—. Te va a servir para practicar hablar en público. Además, seguro vas a estar relajado, ¿no crees? Solo vendrán nuestros familiares y los amigos de Sophie.

—¿Me estás pidiendo que dé un discurso frente a una sala llena de chicos y chicas de la edad de mi hermana?

—¿En serio te parece tan intimidante? —pregunta mi madre—. Vas a ser un estudiante de último año y ellos ni siquiera son de primero.

—Eh. —Sacudo la cabeza—. Me importa una mierda, parece una tortura.

—Jamie, no digas palabrotas —dice Sophie.

Mi abuela sonríe con dulzura.

—¿Por qué no te lo piensas, *bubalah*? No todos serán compañeros de Sophie. Drew estará allí, Felipe y su pareja estarán allí, tus primos estarán allí.

—No. —Mi madre apoya su mano en mi hombro—. No vamos a negociarlo. Jamie puede salir de su zona de confort por Sophie. ¡Es su hermana!

—Sí, soy tu hermana —repite Sophie.

—¡Esto no entra en las obligaciones normales de un hermano! ¿De dónde lo has sacado? En todo caso, deberías ser tú la que haga el brindis.

—La hermana de Andrea Jacobs se encargó del brindis —comenta Sophie—. Al igual que el hermano de Michael Gerson y el hermano de Elsie Feinstein, aunque creo que él solo dijo «*mazel tov*» y luego eructó ante el micrófono. No hagas eso. Oye, ¿podrías hacer el discurso en verso?

Me pongo de pie abruptamente.

—Me voy.

—Jamie, no seas dramático —dice mi madre—. Es una excelente oportunidad para ti.

No respondo. Ni siquiera miro hacia atrás.

No puedo. Lo siento. Sin ánimo de ofender a Sophie. Créeme, me encantaría ser el increíble hermano que puede dar la cara y encontrar el equilibrio justo entre ser sentimental y divertido. Quiero caerles bien a todos sus amigos y decir lo correcto. Es probable que Sophie se merezca un hermano así.

Pero la idea de estar de pie frente a un salón de baile atestado de gente, intentando hilvanar una oración sin ahogarme, sin tener un ataque de tos o sin prender fuego a todo el salón de fiestas… Es imposible. Sería un trabajo para otro Jamie, pero yo, desafortunadamente, soy solo yo.

¿TE GUSTÓ
ESTE LIBRO?

Escríbenos a

puck@edicionesurano.com

y cuéntanos tu opinión.

ESPAÑA ⟩ 🅕/MundoPuck 🅧/Puck_Ed 📷/Puck.Ed

LATINOAMÉRICA ⟩ 🅕 🅧 📷 /PuckLatam

📷/PuckEditorial

¡Gracias por vivir otra
#EXPERIENCIAPUCK!

# Ecosistema digital

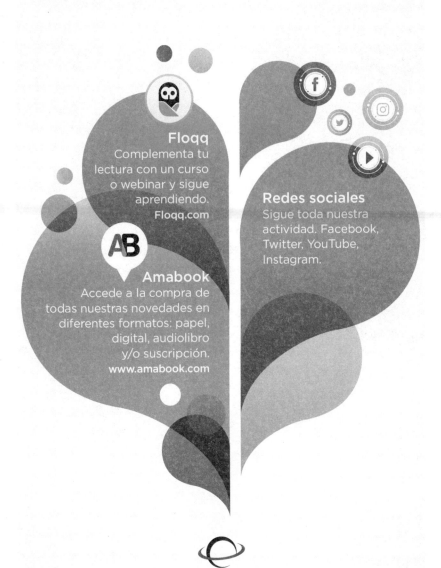

## Floqq
Complementa tu lectura con un curso o webinar y sigue aprendiendo.
Floqq.com

## Amabook
Accede a la compra de todas nuestras novedades en diferentes formatos: papel, digital, audiolibro y/o suscripción.
www.amabook.com

## Redes sociales
Sigue toda nuestra actividad. Facebook, Twitter, YouTube, Instagram.

EDICIONES URANO